U0007679

GOBOOKS
& SITAK
GROUP©

漫時光

成何體統

·下卷·

七英俊 著

高寶書版集團

目錄

第十九章　無解　005
第二十章　決戰　039
第二十一章　吾妻晚音　073
第二十二章　故人重逢　101
第二十三章　黎明前的至暗寒夜　123
第二十四章　重掌河山　153
第二十五章　鳳棲於梧　185
第二十六章　以毒攻毒　207
第二十七章　大好春光　227
番外一、相逢何必曾相識　243
番外二、人物小傳　263
番外三、小段子　281
番外四、龍椅Play　285
致謝　294

第十九章　無解

林玄英坐在馬上瞥了日頭一眼，抬起一隻手，「停。」

跟在他後頭的黑衣人訓練有素，紛紛勒馬，龐大的隊伍驟然急停，除去草木簌簌，竟未發出一絲多餘的聲響。

林玄英手搭涼棚朝前望去，四下林木漸疏，山勢低平下去，再往前就要進入村鎮了。

身後一人越眾而出，朝他道：「副將軍。」

林玄英跳下馬，隨手將馬拴在樹上，「原地駐紮吧，等夜間再分批行進。」

「是。」

在他們身後，浩浩蕩蕩的黑色軍隊一眼望不見盡頭，沉默地隱入森林中。

林玄英問：「照這個速度，多久能到都城？」

手下道：「若無阻擋，十五日可至。」說著欲言又止地看了他一眼。

林玄英出發得挺早。

甚至在端王的手信寄來之前，他就已經找上了尤將軍，「端王要反，單憑他那點私兵不夠，必然會從三軍借人，合圍都城。按理說中軍與他蜜裡調油，但眼下燕國在內亂，中軍要為邊防留人，無法全部出動。所以他很快就會找上右軍。」

尤將軍臉上的肥肉都在打顫，「我們南境也不太平啊！」

羌國女王原本正與燕王打得火熱，都已經要聯姻了。如今圖爾氣勢洶洶一朝殺回，殺得燕王丟盔棄甲，節節敗退，竟逃進了羌國境內。

羌國本就是菟絲子一般依附於燕國的弱小國家，這回遭了池魚之殃。兵荒馬亂中，大量難民無路可逃，朝大夏擁來。

這群羌人本身沒什麼武力，耍起陰招來卻一個賽一個地狠。偷點錢糧只能算入門的，甚至有人先是裝作行乞，進入好心的農戶家中，冷不防在井水中下毒，屠了全村老幼，再挨家挨戶搜刮細軟，揚長而去。

尤將軍這草包在南境過慣了舒坦日子，何曾遇過這等陣仗？正焦頭爛額地搜捕難民，一聽林玄英的話，只覺眼前發黑，「那咱們要是出不了人……端王會不會發怒啊？」

聽這楚楚可憐的問法，不知道的還以為端王的人正飛在天上，拿弓箭指著他腦袋呢。

林玄英自然聽得出，他真正問的是：「端王會不會收回許給我的好處啊？」

林玄英一哂：「你守著這頭，我帶點人出去。」

尤將軍駭然：「玄英你不能走！你怎麼能在這時撂挑子？」

「……那我留下，你去幹禁軍？」

尤將軍不吭氣了。

所有人都知道，連他自己也知道，右軍實際上是靠誰在撐著。

林玄英站在他面前，足足比他高出一個頭，皮笑肉不笑地行了個禮，「將軍放心吧，我不會帶走很多人。」

他帶的人手的確不多，卻盡是精銳。

林玄英接過水壺喝了一口，「另外兩軍出了多少人，探到了嗎？」

「中軍約莫五萬人。」

「謔，五萬……洛將軍這是豁出去，誓要與端王同生共死了。」

「左軍行蹤更隱蔽，但派出的人數應當在我們之上。」

林玄英頓了頓，語氣平板道：「都城的禁軍加起來也才堪堪過萬。」

即使周圍的州府馳援，論其兵力，在身經百戰的邊軍面前也不堪一擊。除非皇帝藏了什麼天降奇兵，否則一旦三軍形成合圍，他在都城裡插翅難飛。

只不過對參戰的將士們而言，這註定會是一場恥辱的勝利。從此之後千代萬代，他們將永遠背負叛軍之名。

前來彙報的手下年紀很輕，幾乎還是個少年。林玄英在餘光裡看見他忍了又忍，還是開了口：「副將軍……屬下從軍時，原以為縱使埋骨，也該是在沙場。」

林玄英目不斜視，扣上了水壺，「找個地兒歇息吧。」

練了球的小美女們以為終於摸準了庾晚音的喜好，當即在御花園中支起了球桌，以不畏嚴寒的奮鬥精神打起球來。

幸而天氣晴冷，無風無雪，打著打著也就熱了。

庾晚音當時只是隨口一說，其實她根本不會乒乓球，更何況這繡球基本可算是一項新運動。但大家菜得半斤八兩，加上拍馬屁的有意放她水，倒也有來有回。

場面一時虛假繁榮。

幾輪下來，或許是大腦開始分泌多巴胺了，又或許是宮鬥場景成功進化到公司旅遊，庾晚音久違地渾身鬆快，漸入佳境，甚至連旁人的叫好聲突然弱了下去都沒察覺。

直到漏接一球，她笑著轉身去撿，才發現繡球滾落到不遠處的一雙腳邊。

那雙腳上穿著朝靴。

庾晚音：「……」

夏侯澹俯身拈起那繡球，「這是什麼？」

眾妃嬪行過禮後低頭站在一旁，大氣不敢出，全在偷看庾晚音的反應。

皇帝昨夜發瘋、庾妃今早封后——這兩則新聞之間，到底是個什麼邏輯關係？無數顆腦袋絞盡了腦汁都沒想明白。

其實能在這樣一本水深火熱的宮鬥文裡存活到今日的人，多多少少都領悟了一個道理：在這活下去的最佳方式，就是不要作死。無數個慘烈的先例證明，鬥得越起勁，死得越早。

但這條規則對庾晚音不適用。

庾晚音入宮以來，扮過盤絲洞，也演過白蓮花、藏書閣裡的大才女、不會唱歌的傻白甜、不諳世事吃貨掛、怒撑皇帝清流掛、淒風苦雨冷宮掛……恨不得把每一種活不過三章的形象逐一扮演一遍，各種大死作個全套。

以至其他人有心學一學，都不得其法，因為她們至今分析不出皇帝吃的是其中哪一套。

或許其精髓就在於這種包羅萬象的混沌吧——有人這樣想。

可如今她當了皇后，正值春風得意時，總該流露出一點真性情了吧？

這帝后二人如何相處，直接關係到前朝、後宮日後的生存之道，必須立即搞清楚。

庾晚音想不出更好的答案，「乒乓吧。」

「乒……」夏侯澹狐疑地看了繡球一眼，眼中寫滿了拒絕。

庾晚音擺了擺手，示意他別挑刺了，「能打的能打的。」說著接過球，示範著發了一球，對面小美女不敢接。

夏侯澹抽了口氣，「妳這拍都……」沒拿對。

庾晚音：？

好傢伙，還是個行家？

她用眼神問：你要加入嗎？

夏侯澹搖搖頭，溫聲道：「皇后累了嗎？」

庾晚音聽出他是有事找自己，忙道：「確實有些累了，今日就到此為止吧，改日再來。」

對面小美女回過神，囁嚅著應了：「娘娘保重鳳體。」

等庾晚音坐上龍輦去遠了，眾人茫然地面面相覷。

別說如何相處，她們甚至沒看懂那兩人是如何交流的。

用神識嗎？

龍輦上，庾晚音貼在夏侯澹耳邊呼出一口白霧，「怎麼了？」

夏侯澹道：「邊軍有人偷偷動了。」

「哪一邊？」

「三邊都有，詳細人數還未查明。看來夏侯泊等不住了。」

庾晚音在他開口之前已經隱隱猜到了。

此事他們早就商討過，也想到了一旦夏侯澹穩固住中央勢力，端王只能去借邊軍。如今三軍皆被他買通，只是應了最壞的一種設想。

所以她平淡地接了一句：「那我們也抓緊吧，趁著他的援軍還沒到。」

「嗯，我跟蕭添采說了，太后的吊命方子可以停了。」

庾晚音問：「那她還能苟活幾天？」

夏侯澹委婉道：「蕭添采會停得比較藝術。」

庾晚音：「……」

她轉頭望了一眼。

夏侯澹握住她的手，「在看什麼？」

「沒什麼。」冬日的陽光總是格外珍貴，庾晚音忍不住對著御花園的花草多望了一下，隱隱預感到那「改日再約」的下一次乒乓球賽，怕是遙遙無期了。

「浮生半日閒，果然是偷來的。」

蕭添採辦事十分俐落。

翌日深夜，庾晚音被一陣急促的敲門聲驚醒。安賢在門外顫聲道：「陛下，太后不好了。」

這聲通傳如同發令槍響，庾晚音倏然清醒過來，轉頭看向身邊的人。

夏侯澹也正望著她，輕聲問：「準備好了嗎？」

庾晚音點點頭，道：「走吧。」

為了表達悲痛，安賢今日的唱名聲格外鬼哭狼嚎一些：「皇上駕到——」

夏侯澹攜著庾晚音的手走下了龍輦。三更半夜，冷風刺骨，凍得庾晚音一個激靈。

有侍衛跟了上來，在他們身後低聲道：「尚未發現端王的人。」

暗衛已經在太后寢宮周圍蹲伏多時了。只要太后一斷氣，端王隨時可能行動。所以從現在開始，他們就進入了一級戒備狀態。

夏侯澹不著痕跡地微一點頭，走進大門。

正屋裡已經跪了一地宮人，動作快的妃嬪也火速趕來跪好了，一個個面色慘白，端出一臉如喪考妣的神態。但眼淚尚未醞釀出來，說明太后還剩一口氣。

庾晚音跟在夏侯澹身旁越過人群，走向裡屋，不經意地瞥了眾人一眼，微微一愣——好些人都在偷看她。

更確切地說，是在偷看她的肚子。

那探究的目光近乎露骨，庾晚音本能地感到不適，舉起袖子擋了一下。

於是更多的目光直勾勾地射了過來。

庾晚音：？

幾個老太醫從裡屋迎了出來，後面跟著作為學徒的蕭添采，眾太醫照著流程往夏侯澹跟前一跪，老淚縱橫道：「老臣無能，老臣罪該萬死啊……」

夏侯澹也嚴格遵照流程，一腳踹開為首的老太醫，急火攻心地衝了進去，人未到聲先至：「母后！母后啊！」

裡間空氣混濁，瀰漫著一股不妙的味道，由排泄物的臭味與死亡的陰冷氣息混合而成。

床上的太后已經換上了壽衣，形容枯槁，四肢被人擺放端正了，雙手交疊於胸前，僵屍般直挺挺地躺著，一雙眼珠子幾乎暴突出來。

小太子跪在一旁的角落裡，縮成一團，像個斷了線的傀儡，走近了才會發現他在瑟瑟發抖。

夏侯澹道：「啊！」他聲音大得離譜，似乎是為了確保外面的人都能聽見，「母后且安心，兒子來了！」

庾晚音：「……」

她今日算是見識到了演技的巔峰。

夏侯澹居然能一邊語帶哭腔，一邊對床上之人露出一抹飽含惡意的微笑。

太后被他激得整個人抽搐起來，卻只能發出「呃啊啊」的聲音。

夏侯澹一屁股坐到床沿上，貼心地伸手幫她掖了掖被角，「兒子都明白、都明白。」

四目相對，夏侯澹的眼前浮現出初見之時，那雍容華貴、不可一世的繼后。她殷紅的指甲劃過他的面頰，刺得他眼皮直跳，卻不敢躲閃。

當時的他如同一隻待宰羔羊，唯一能等待的只有他人的垂憐。

若說她在這十餘年裡真正教會他什麼，那或許就是：不要等。

太后指甲上的蔻丹早已剝落得一片斑駁。她瞪著夏侯澹抽了半天，每抽一下，出氣就更多，入氣則更少。

夏侯澹問：「什麼？小太子？」他朗聲道：「母后不必擔心，朕必然會好——生——照料他。」

借著床帳遮擋，他對著太后比劃一個抹脖子的手勢，笑得更喜慶了。

太后：「……」

夏侯澹以為她這一下就該氣死了，她卻仍舊萬分艱難地喘著氣，無神的眼睛直對著他，嘴唇微微嚅動。

奇怪的是到這境地，她的眼中反而不剩仇恨了，殘存的只有不甘。

夏侯澹揣摩一下此時她的走馬燈裡能閃過什麼畫面，愣是沒想出答案。

她沒有愛人——她親口告訴過他，她今生最恨的就是先帝。

她沒有情人——這麼多年她連個裙下臣都沒養過。

她也沒有子嗣——早在她爬上后位之前，老太后就奪去她這輩子受孕的可能。

或許從那時開始，她一生所求就只剩權柄了。

弄死老太后、熬死先帝、控制夏侯澹、操縱小太子……何必愛世人？何必索求愛？與人鬥，其樂無窮。夏侯澹毫不懷疑，她即使成功弄死了自己與端王，也會不知疲倦地繼續鬥下去，直到生命盡頭。

可惜，她輸得太早了。

太后如同垂死的魚一般猛烈掙扎起來，口型接連變換，發出含混的聲音。

夏侯澹不願俯身去聽，偏了偏耳朵，不耐道：「什麼？」

太后突兀地笑了一下，她慢吞吞地說了幾個字。

夏侯澹頓了頓。

太后擱在胸前的手顫顫巍巍地抬起一寸，又猛然跌落下去，頭偏到一旁，再也不動了。

死寂。

太醫在一旁聽著不對，跪行過來撩開床帳，象徵性地把了把脈，又翻了翻她的眼皮，顫聲道：「陛下……陛下……」

夏侯澹維持著坐姿一動也不動。

跪在床尾的庾晚音等了十幾秒，莫名其妙，只得起身走過去，拉他站了起來。

夏侯澹這才像是被撥動了某個開關，氣沉丹田，哭出了第一聲：「母——后——」

外頭收到訊號，立即跟上，此起彼伏地號起喪來。庾晚音從裡屋聽見，只覺聲勢浩大，有男有女，似乎是大臣們也趕到了。

不知道端王來了沒。

她一邊敷衍了事地跟著乾號，一邊在腦中又過了一遍暗衛藏身的位置。

夏侯澹自然不能哭一聲就算完事，還替太后闔上眼睛、整理壽衣，做戲做全套。

一旁趴著的小太子也開始抽噎起來。他或許是整間屋子裡唯一一個真哭的人，很快哭得涕泗橫流、傷心欲絕，渾身抖得像是打起了擺子，邊抖邊朝床邊爬來，似乎還想看太后一眼。

庾晚音低聲問夏侯澹：「她剛才留了什麼遺言？」

夏侯澹轉頭看向她，神色有些木然，「她說她在地下等我。」

庾晚音心裡「咯噔」一聲，從足底泛起一股陰寒之氣，「什麼玩意，死到臨頭了還只顧著咒人……」

她在餘光裡瞧見小太子爬到近前，下意識瞥了他一眼。小太子正望向夏侯澹，一張小臉繃得太緊，五官都變了形，整個人連呼吸都止住了，彷彿一個行將爆炸的氣球。

就在這一剎那，庾晚音忽然心頭一緊。憑著生死間練出的直覺，她的身體動了。

她猛地撲向夏侯澹，一把將他撞開——

與此同時，小太子揚起手臂，袖中騰起一陣紅霧，兜頭灑向夏侯澹，被庾晚音擋去了大半——

庾晚音預期的是匕首、暗器，萬萬沒想到會是這樣的東西，一時不防吸入一口，猛地嗆咳起來。

夏侯澹被她推出兩步，呆了一瞬，立即掩住口鼻，衝回來將她拉走，回身狠狠一腳，正中小太子心口。

小太子整個人被踹飛了，跌到地上吐出一口血。

庾晚音跌跪在地，咳得上氣不接下氣。夏侯澹伸手在她衣髮上一抹，指尖沾滿了紅色的粉末。

暗衛已經控制了室內所有宮人與太醫，又將地上的小太子也制住了，「陛下，此地不宜久留，請先暫避……」

夏侯澹大步上前，一把掐住小太子的脖子，「解藥。」

小太子放聲尖叫。

動靜傳出裡屋，外頭敬業的哭聲一停。

夏侯澹的五指漸漸收緊，將那尖叫聲硬生生掐斷，「解藥。」

小太子掙扎起來，一張臉脹成了紫紅色。暗衛見勢不妙，試圖阻攔，「陛下息怒！」

夏侯澹理也不理，掐人的手上青筋暴突，眉間躥起一股黑氣。

庾晚音終於緩過氣來，居然沒有其他不適之感。她轉頭一看，見小太子眼睛都翻白了，連忙去掰夏侯澹的手，「快停下，我沒事……」這一掰竟未掰動，她慌了起來，湊到他耳邊提醒，「所有人都在外面，你想當場坐實暴君之名嗎？」

夏侯澹充耳不聞。

庾晚音定睛一看，嚇得呼吸一窒——夏侯澹的眼球充血，面目猙獰，宛如修羅。

他從前發瘋的時候都沒有露出過這副面貌。

庾晚音忽然想起那紅色粉末。那玩意，夏侯澹剛才也吸入一點吧？

她強壓著恐懼指揮暗衛：「幫忙救太子！」

暗衛猶豫著不敢動。

庾晚音啞聲催促：「快點，我們還要問解藥！」她自己吸入的紅粉比夏侯澹多得多，此時就像往體內埋了顆定時炸彈，不知何時會出現症狀，只能趁著神志清醒，盡一切可能穩住局面。

暗衛一咬牙，並指一戳夏侯澹臂上某處，戳得他手臂痠麻，被迫鬆開了手。

暗衛剛拉開太子，夏侯澹就嘶聲道：「殺了他。」

暗衛道：「陛下……」

「殺了他！」夏侯澹口中發出一聲野獸般的怒吼，一拳揮了過去。暗衛不敢擋他，狼狽不堪地避過了。

夏侯澹撲過去奪他的劍。

暗衛繞柱走。

夏侯澹伸手入懷，掏出了槍。

所有知道那是何物的人瞳孔驟縮——

對準那暗衛的槍口被一隻手握住了。

庾晚音渾身發抖，「夏侯澹。」

夏侯澹下意識望向她，在看到她眼眶裡的淚水時幾不可察地凝滯了一下，那雙黑暗混沌的眸中，一團風暴止歇了幾秒。

庾晚音其實理智都快崩潰了，五指順著槍身慢慢攀去，摸到他手背的皮膚，說不清誰更冷，「晚上吃小火鍋嗎？」

夏侯澹頓在原地。

就在這一頓之間，庾晚音輕聲道：「敲暈他。」

暗衛這次沒有猶豫，一記手刀劈倒了皇帝。

庾晚音舉目四顧，太后已死，皇帝中毒，太子半死不活。

她又轉頭看了看正屋的方向。臣子與宮人還在低低哭著，但聲音很輕，顯然在側耳傾聽裡面的詭異動靜。

室內的人全望著她。

庾晚音強行勾起嘴角，「陛下傷心過度倒下了，快扶他回去休息。太子情緒不穩，也需好生安撫。」

暗衛會意，架著夏侯澹和太子從後門走了。

庾晚音抬手從肩上掃落一把紅色粉末，攥在手心。

這玩意到現在都沒對她產生任何作用。她心中隱約有了個猜測，當下便對那些太醫與宮人笑了笑，「不必驚慌，一切照常吧。」

說著安撫的臺詞，那笑意卻是冷的。

她自己或許沒有察覺，但看在他人眼中，這新上任的皇后周身的氣勢已經不同以往。

那些人打了個寒顫，慌忙動了起來，有人搬來梓宮上前入殮，有人打掃一地狼藉。

庾晚音對蕭添采使了個眼色，將目光指向太后的屍首。

蕭添采若有所悟，躬身走到碩大的梓宮邊，與宮人一道整理起太后的遺容。

庾晚音逕自走出裡屋。

正屋裡果然烏泱泱跪了一大片人，隊伍一直排出了大門，延伸進外頭的漆黑夜色中。見她出來，那已經停下的哭聲又強行續上了。

庾晚音示意安賢上前，照著流程安排眾人留宿或回家齋戒。她自己象徵性地扶起幾個妃子，安撫了幾句。

突然有一道黑影朝她疾速奔來，口中呼著「娘娘」。

庾晚音如同驚弓之鳥，連退數步。來者是個中年男子，尷尬地停在原地，半晌才期期艾艾地見禮道：「娘娘……可好？」

庾晚音：「……」

她用邏輯推斷了一下，這人可能是她親爹。但她又不能百分之百確定，這一聲「爹」要是叫錯了，那樂子可就大了。所以她只能舉起袖子，揩起了那不存在的淚水，口中含糊道：「承蒙……關心，我……晚音一切都好。」

對方道：「哎呀，娘娘切莫憂心過度，傷了身子……」

「庾少卿。」清朗溫和的聲音插了進來。

端王不知何時走了過來，攙住那男子，輕聲勸他：「眼下不是敘舊的好時機。」

果然是她爹。

但庾晚音的注意力已經完全不在她爹身上了。端王站得離她太近了，這個距離，暗衛都來不及救。

庾少卿脹紅了臉，忙行禮道：「是老臣失禮了，老臣這便退下了。」臨走還瞟了庾晚音的肚子一眼。

庾晚音此時腦中亂成一團，也顧不上分析他那眼神。她與端王四目相對，一邊隨時準備跑路，一邊還要努力不讓這防備流露出來。

夏侯泊傷感一笑，「尚未恭喜娘娘榮登鳳位。」

庾晚音也傷感一笑，「殿下，眼下不是時候。」

直接拿他剛才的臺詞回敬了他。

夏侯泊聞言，深深看了她一眼，「娘娘還要主持大局，我便也不多叨擾了。」

庾晚音原本以為他是來問夏侯澹情況的，見他這麼容易就被打發走，不禁有些意外。

她將臺詞壓在舌底過了幾遍，這才苦笑道：「確實有些焦頭爛額，多謝殿下體諒。我們……來日再敘。」

夏侯泊笑了笑，轉身走開了。

剛背過身，他眼中的眷戀與失意一瞬間收了個乾淨，取而代之的全是冷嘲之意。

有人的命中不需要溫情。

也有人的溫情，吝嗇到轉瞬即逝，甚至連自己都不曾察覺，就已經消逝無跡了。

夏侯澹不知道自己身在何處。眼前一片昏黑，看不見任何畫面。耳中嗡嗡作響，聽不見任何聲音。

如果說此前的頭痛像一波蓋過一波的海浪，這時就是山崩海嘯，直接把地殼都掀了。

似乎有人按住他的肩，對他喊著什麼，但落在他耳中，只是增加了無意義的雜訊。

太痛了。

彷彿顱腔裡擠進了兩條巨龍，在這彈丸之地殊死搏鬥，撞得他的頭蓋骨迸開了一道道裂縫，從中噴濺出苦水與火焰。

太痛了。

要是立即死掉就好了。

即使身墮煉獄，被業火灼燒，也不會比這更痛苦了。

庾晚音三下五除二打發走眾人，留下幾個暗衛監視那邊的宮人，自己匆匆趕了回來，身後跟著謝永兒和蕭添采。

「粉末。」她將剛才悄悄收在手心、被汗水浸濕的一團紅粉交給蕭添采，「去驗。」

蕭添采什麼也沒說，額上見汗，面色凝重地走了。

庾晚音拔腿就朝裡間跑，半路被北舟抬手攔住。

她詫異地抬眼，「北叔，什麼意思？」

北舟只是沉默地平舉著手臂，不讓她過。

庾晚音知道一千個自己也打不過他，頹然道：「是他不讓我看嗎？那你呢，你也覺得我應該在這時躲遠點嗎？」

北舟：「……」

庾晚音越說越慘澹，「我在你們眼中到底是什麼？只是個歡喜時錦上添花的小玩意嗎？」

北舟的手臂放下了，「舉得有點痠。」

庾晚音：？

北舟連身子都背過去了，「唉，年紀大了，這老胳膊老腿的遭不住啊。」

庾晚音後知後覺地反應過來，連忙跑進去。

即使做好了心理準備，她還是被眼前的畫面震住了。

床上的夏侯澹被北舟用被褥裹著，連人帶被捆成一個粽子。如果不看他額上和嘴角的血跡，這造型還有些滑稽。

北舟似乎是在他咬傷自己之後才打了補丁，又往他嘴裡塞了團布。於是他喉中發出的號叫被悶在嗓子眼裡，殺傷力大打折扣。

庾晚音像個木頭人似的立在原地，茫然地問：「他每次發作都這樣嗎？」

身後傳來北舟的聲音：「以前沒這次嚴重。大概三個月前開始需要綁著，他不敢讓妳知道，就下了禁令。但沒想到這次他拿頭去撞床柱，還想咬舌……」

庾晚音臉上一片冰涼，伸手一摸才發現是自己的眼淚。

夏侯澹又叫了一聲，聲音完全撕裂了。不能自殘，他只能用這種方式轉移疼痛。

庾晚音走了過去，將他口中的布取了出來。夏侯澹立即要咬自己，牙齒卻被別的東西擋住。

庾晚音將手指伸進他嘴裡。

有人拽她的手，「妳瘋了嗎？他發瘋妳也陪著發瘋？」

庾晚音這才意識到謝永兒也跟了進來。

夏侯澹的齒尖已經扎入她的肉裡。庾晚音吸了口氣，道：「沒事，比他咬傷自己好。」

夏侯澹的眼簾突然顫了一下，緩緩撐開。

他萬分艱難地一點點鬆開牙關，喉結滾動兩下，用氣聲問：「晚音？」

他的眼睛明明望著她，卻對不上焦，「晚音？」

庾晚音的眼淚一滴滴砸在他的臉上。

夏侯澹似乎傻了，過了一會兒才喃喃道：「走開。」

庾晚音俯身去抱他，他卻不斷掙扎，「走開，妳不該來……」他焦躁不堪，滿心只想讓她少看一眼。

有她在場，他連嘶喊都得忍住，壓抑得額上青筋直跳。

謝永兒站在一旁，見他們一個瘋了，一個突然變成了只會哭的廢物，不禁翻了個白眼，果斷上前，一把將布團塞回夏侯澹嘴裡，回頭問北舟：「為什麼不打暈他？」

北舟道：「……暗衛已經打暈過一次了，我怕控制不好力道，傷了他。」

謝永兒道：「等著，我去叫蕭添采。」

蕭添采悶頭行了一遍針，長舒一口氣，「能讓他睡上半日吧。」

此時天光已經微亮，庾晚音像是整個人被掏空了，疲憊地坐在床邊不吭聲。

蕭添采想了想，還是開始彙報：「臣剛才去拿耗子試了藥，耗子並無反應。」

庾晚音略微抬眼。

蕭添采道：「先前娘娘讓臣驗屍，臣發現太后指甲上殘存的蔻丹裡，似乎也摻了這種粉末。但這粉末本身應該並非毒藥，否則娘娘吸入那麼多，不會至今無恙。」

「那陛下是怎麼回事？」

「臣依稀記得在古書裡讀到過，有些特殊的毒，分為毒種和毒引。毒種會潛伏在人體內，遇到毒引才會發作。」

蕭添采的頭埋得更低了些，不再往下說了，但他的猜測已經擺到了明面上：夏侯澹體內有毒種，太后以前把毒引藏在指甲裡，這麼多年來，一點點地加重他的頭疼，從而保證他一直是個無能的暴君。

毒引本身藥性微弱，這也解釋了為何北舟他們先前查來查去，都查不到夏侯澹身邊哪裡有毒。

但太后沒想到自己會先被夏侯澹搞死。死之前，她決定復仇，便命小太子用大量毒引偷襲夏侯澹。

夏侯澹防備了所有人，唯獨沒料到懦弱的小太子會下這個手。

小太子也知道父皇待自己冷漠，如今又封了新皇后，自己的太子之位很快就會不保。倒不如鋌而走險一次，萬一成了，他就直接登基了。

庾晚音一時不知該佩服誰。

也許能在這宮裡活下來的，都成了怪物吧。

「那就去找人撬開小太子的嘴，他應該知道解藥吧。」

蕭添采搖頭，「小太子多半不知道，就連太后都不一定知道。這類毒藥在大夏早已失傳，只有古籍中提過隻言片語，如何煉製根本無人知曉。」

庾晚音道：「你的意思是，這毒是從別處傳到她手中的？」

蕭添采想起了什麼，喃喃道：「羌國……羌人善毒，他們的藥與毒自成一體，外人難以一探究竟。」他起身便走，「臣去查查看。」

庾晚音與謝永兒面面相覷。

庾晚音問：「太后難道有羌國血統？」

謝永兒道：「原文裡好像沒提她的血統，倒是寫到她毒死了老太后和先帝的原配皇后——夏侯澹的奶奶和媽媽。如果她當時用的就是這種毒，那可太久遠了，根本查不到她是怎麼得到的。」

庾晚音皺眉思索起來。

好消息是，夏侯澹的頭疼病因終於有眉目了。等蕭添采分析出這種毒的成分，或許圖爾能在羌國找到解藥。

壞消息是……以夏侯澹如今的狀態，這一切不知道還來不來得及。

夏侯澹是晌午醒來的。

庾晚音觀察著他的神色，面露驚喜，「頭不疼了嗎？」

「基本不疼了。」夏侯澹對發病時的事情還有模糊的記憶，嘆了口氣，「讓妳受驚了。」

庾晚音：「……」

有點生氣。

氣他瞞了自己這麼久，寧願被捆成粽子也不讓自己陪伴。但轉念一想，她即使在場，也幫不上任何忙。於是那點憤怒又化作了深深的無力感。

夏侯澹察覺她的心情，換了個語氣：「幸好來得快去得也快，睡一覺就好多了。」

庾晚音絲毫沒有被安慰到。

他發病原本就是一陣一陣的，下一次還不知什麼時候來。

她將蕭添采的推測說給他聽：「你自己有什麼線索嗎？」

夏侯澹的腦子其實還在被釘子鑿，雖然惡龍暫退了，疼痛仍然比平時劇烈。他的思緒有些凌亂，努力回憶一下，自己記憶中第一次頭痛，是在老太后臨終時，但當時，那未來的繼后並不在場。

至於老太后的衣髮上、病床上，是否殘餘了紅色的粉末，他卻是完全記不起來了。

夏侯澹道：「就算當時就有毒引……那毒種又是什麼時候……」

老太后死前，那女人只是一介宮妃，從未接觸過他。何況他深知宮廷險惡，從穿來的那一天起就一直處處小心提防著。

庾晚音問：「什麼？」

夏侯澹回過神來，「沒有，我是在想太后是怎麼埋下毒種的。」

庾晚音道：「那就不可考啦。謝永兒說她毒死了你的奶奶和生母，你想想那都是多少年前了。」

哦，原來如此。

夏侯澹忽然福至心靈地領悟了。

據說他的生母慈貞皇后誕下他時便極為艱難，之後又一直多病，只過了兩年就過世了。

那麼，太后是什麼時候對慈貞皇后下的毒呢？

她下毒的時候……會好心避過孕期嗎？

夏侯澹忍不住笑了起來。

庾晚音驚了，「笑什麼？」

「沒什麼。」夏侯澹笑意裡盛滿了悲涼，卻沒有洩露到聲音中，「這個暴君，真是倒楣啊。」

原來自己的小心謹慎從一開始就是沒有意義的。在更早更早之前，甚至早在降生之前，這個角色的命運便已經譜寫完畢了。

與其說是某個人害他……不如說是彼蒼者天，要讓他一步步走向瘋狂。

夏侯澹這一口濁氣在胸腔內衝撞，五臟六腑在餘音中震盪，呼出口來卻只是輕而又輕的一聲：「倒楣鬼啊！」

庾晚音神情有些異樣，握住他的手，「不會倒楣到底的。他遇到了我們。」

夏侯澹一時間甚至沒搞懂這「我們」指的是誰。

他的疑問一定是流露到了臉上，所以庾晚音又解釋了一句：「我和你啊。」

從小太子口中果然什麼都問不出來。

他自知此生已毀，見人只會陰惻惻地笑，那笑容有時竟與太后如出一轍。

夏侯澹下旨廢了他的太子之位，責他面壁思過，卻沒有像對太后宣稱的那樣殺了他，反而以關押為名，派了些人將他保護了起來。

這主要還是為了膈應端王。

有這麼個廢太子活著，端王即使成功弒君，也不能名正言順繼承大統。朝中自然會冒出一批太子黨，再與他鬥上幾回合。

而如果他們滅了端王，再回頭來算太子的帳也不遲。

庾晚音心中的另一個疑問也很快得到了解答，這答案還是謝永兒帶回來的。

「是的，他們都以為妳懷孕了。這個猜測是在妳封后當天開始流傳的。要說有什麼佐證，就是妳那天稍微運動了一下，皇帝就忙不迭地要把妳拉走。本來信的人還不多，結果他突然廢掉了唯一的太子，都說是為了給妳腹中的孩子讓道……」

庾晚音：「……」

庾晚音簡直槽多無口，「廢太子不是因為太子失德嗎？」

「人只會相信自己願意相信的東西。古人的慣性思考就是『母憑子貴』。」謝永兒分析得頭頭是道：「但我懷疑是有人在利用這種慣性思考傳播謠言，這也是輿論戰的一部分。」

「端王？」庾晚音不解，「圖什麼？」

「暫時猜不出。反正妳自己小心吧。」

話雖如此，庾晚音總不能自己跳出去宣布「我沒懷孕」吧。一時找不到澄清的機會，便只能隨它去。

他們已經知道端王的援軍在趕來的路上，不可能坐等著人家準備萬全。

於是欽天監猛然算出來一個千年難遇的安葬吉日，就在三日之後。夏侯澹對著滿朝文武眉頭深鎖，左右為難，半晌後道：「按理說應是停靈七日，但母后洪福齊天，趕上這麼個千年吉日，那就破例停靈三日，提前下葬吧。」

曾經的太后黨半字反駁都沒有，還得爭相誇他孝順。

所有弔唁被壓縮到了三日之內。夏侯澹披麻戴孝，親自守靈。

太后賓天那日，有皇帝病倒的傳言，可如今百官一見他端端正正跪在靈堂，一切流言也就不攻自破了。

送走一撥皇親國戚，庾晚音披著一身風雪回到室內，立即跺起腳，「太冷了，怎麼能這麼冷，這降溫莫非也是端王的陰謀？」

夏侯澹敲著膝蓋站起來，「有道理，他應該是發明了局部製冷。」

「也有可能是太后怨氣太深，你覺不覺得這裡陰風陣陣的……我剛才突然反應過來，這傢伙停靈的最後一夜還剛好是大年夜啊！她這一死，非得拉著全國人民都無法過年，這得是多大的怨氣……」庾晚音念念叨叨。

夏侯澹道：「過來，給妳個東西。」

「什麼？」

夏侯澹從寬大的孝衣下摸出一物，塞進她手中，「抱著吧。」

是個暖手爐。

庾晚音笑了，「真有你的，怪不得你跪得住。」

夏侯澹放低聲音道：「外面有動靜嗎？」

庾晚音搖搖頭。

看似空蕩蕩的靈堂周圍，其實藏了無數暗衛。

按照胥堯所記，端王的計畫有兩種。

一是在夏侯澹守靈時派刺客暗殺他，不留傷口，偽造出靈異現場。

二是在出殯時，按照大夏禮俗，進入陵寢前的最後一段路由皇帝扶柩。這段路正好經過邶山腳下的峽谷，如果派人藏在山上推下巨石，偽裝成山崩，則峽谷中人無路可逃。

兩個計畫有個共同點，就是都可以推鍋給太后的冤魂，正好呼應了先前散播的「暴君無德遭天譴」的輿論。

而夏侯澹的計畫，是事先在靈堂與邶山兩處留下埋伏，如果能在對方動手前抓個現行，名正言順地除去端王，那是上上策；萬一對方詭計多端逃過了抓捕，又或是雖然抓來了，卻查不到端王頭上，他們也依舊會除去端王。至於輿論與民心，留住命再慢慢修復。

所以這幾天裡，有任何風吹草動，暗衛都會第一時間前來彙報。

然而，或許正是因為周圍埋伏太嚴密，引起了端王警覺，他們在靈堂裡等了足足兩日，連個鬼影都沒見到。

在包圍圈外，倒是有幾個太監、宮女探頭探腦過。如果這也是端王派來的人，那就顯得過於小兒科了，比起「準備搞事」，倒更像是「裝作準備搞事」。暗衛怕他們明修棧道，暗度陳倉，一邊盯著靈堂，一邊反而加派了更多人手去邶山附近查探。

這是庾晚音有生以來度過的最壓抑的春節。喪期禁樂，宮中一片死氣沉沉，自上而下閉門不出。大禍將至的氣息如泰山壓頂，連雪花都落得遲緩了幾分。

唯一的安慰是，夏侯澹的情況似乎好轉了。

蕭添采每天溜進來替他面診一回，望聞問切仔細體檢，還要做一遝厚厚的筆記，試圖推斷出他體內那毒種的成分。夏侯澹表情輕鬆，只說頭疼沒再加重。稀奇的是他胸口那道傷口倒是恢復迅速，如今轉身舉臂已無大礙。

庾晚音道：「我有一個大膽的想法。」

夏侯澹問：「什麼？」

「你想啊，當時圖爾明明聲稱這傷口無法癒合，但放在你身上，莫名其妙就癒合了。」庾晚音沉聲分析，「而且你這次頭痛發作之後，傷口卻好得更快，不覺得奇怪嗎？」

蕭添采在一旁插言：「這麼說來，確實有些反常。」

資深網文讀者庾晚音道：「你所學的醫書裡，有『以毒攻毒』這概念嗎？」

蕭添采道：「啊。」他思索片刻，點頭道：「如果兩種毒都是羌人的，確實有可能彼此之間藥性相克。」

庾晚音大受鼓舞，「去查查看吧，直覺告訴我這是正解。」

蕭添采應了，卻遲疑著沒有告退，「娘娘，可否借一步說話？」

庾晚音愣了愣，心中一沉。一個醫生要「借一步」說的，通常不是什麼好話。

夏侯澹卻笑著拍拍她，道：「去吧。」

庾晚音只得往外走。她背後沒長眼睛，也就看不見自己身後，夏侯澹投向蕭添采的威脅的眼神。

兩人走到偏殿，蕭添采轉過身，單刀直入道：「娘娘還記得先前的許諾嗎？」

庾晚音正等著他通知夏侯澹的病情，聞言一頓，霎時間起死回生，「哦哦，放走謝妃是吧？嗐，我當是什麼事呢。沒問題沒問題，等跟端王決出勝負，我做主，送她安全離開都城。」

蕭添采卻欲言又止。

庾晚音：？

蕭添采絞盡腦汁斟酌措辭，「陛下自然是吉星高照……但端王狡詐……」

庾晚音懂了。

對方想說的臺詞是：萬一端王贏了，謝永兒豈不是走不了了？

庾晚音先前沒仔細考慮過這一節。如果是從前的她，或許會當場點頭，提前放人。但今時不同往日，她已見識過世間險惡，便無法阻止自己想到：萬一謝永兒出去之後又投奔端王呢？即使謝永兒是真的一心歸隱，端王又怎會輕易放過這個情報來源？

「這樣吧，」她緩緩說：「等太后出殯當日，端王跟著發引的隊伍出城之後，我派人送謝妃從相反的方向離開都城。」到那個時候，端王再找她也來不及了。

她原以為蕭添采還要爭論兩句，沒想到這少年相當明事理，當即跪下行了個大禮，「娘娘大恩，臣當謹記。」

庾晚音忙將他攙起來，「別這樣，我受之有愧。之前答應過放你跟她一起走，但眼下陛下這毒尚未找到解藥，實在還得依靠你。」

蕭添采沉默了一下，溫聲道：「臣從未想過離開。謝妃娘娘餘生安好，臣便別無所求了。」

庾晚音忍不住露出仰視情聖的眼神，「其實你也可以別有所求的，大家不介意。」

蕭添采僵住了，不自在地低下頭，「臣……臣自知入不了她的眼，也入不了她的心。與其弄得相看生厭，不如送她離開。日後天大地大，她每見一處山水，或許也會憶及故人。」

情聖，這是真的情聖。

庾晚音肅然起敬，「放心吧，我會去安排的。」

蕭添采得了她的保證，千恩萬謝地走了。離去時還弓著腰，不敢讓她瞧見自己臉上的愧色。

他急於送走謝永兒，並不全是怕端王。也是怕庾晚音發現，其實自己即使留下，也沒有多少價值。

皇帝剛才那個威脅的眼神，是在提醒自己別說不該說的。

比如，他體內的毒素從出生之前埋到今日，已經積重難返了。小太子偷襲的那一大把毒引，就是壓垮駱駝的最後一根稻草。

又比如，太后臨死的那句遺言其實是四個字：「此毒無解。」

靈堂裡，夏侯澹目送兩人走遠，立即尋了張椅子坐下，雙手抵住額頭，那力道活像要將它擠爆。

持續不斷的疼痛中，已經模糊的記憶忽然又浮上眼前。他重新瞧見了若干年前，病榻上喘著氣等死的皇祖母。在澈底咽氣之前的一個月，那可憐的女人每天都在神志不清地號叫。當時沒人知道她在號什麼。

如果等待自己的也是同樣的下場……

夏侯澹嗤笑一聲。

那種鬼畫面，他可不想被她看見。

第二十章　決戰

停靈最後一天，終於有消息傳來：邶山有人深夜出沒，搬動幾塊巨石，埋在雪下。

「看來是選了 Plan B。」庾晚音說，「咱們的人就位了嗎？」

夏侯澹道：「在山裡埋伏多日了。出殯當日，禁軍也會將邶山圍起來，不會給他們動手的機會。」

他們與暗衛敲定了行動細節，庾晚音又提起謝永兒的事。夏侯澹沒有異議，當下安排了送她的馬車。

雖然萬事俱備，庾晚音卻總覺得越發不安，彷彿漏掉什麼關鍵的細節。她在腦中將計畫過了一遍又一遍，越想越險。

夏侯澹道：「別光顧著別人，妳自己呢？要不然妳也跟著謝永兒一道躲開先……」

庾晚音打斷了他：「我跟你一起去邶山。」

夏侯澹：？

夏侯澹皺眉道：「不行。」

「我可以喬裝成侍衛，像之前那樣——」

「妳來也幫不上忙。」

「幫得上啊，否則造槍何用？別忘了我槍法比你準。」

「那也不缺妳一個！」夏侯澹換了語氣，放緩聲調，「聽話，這一次是真的危險，我以為這事根本不需要討論的，之前封后的時候不都說好了嗎？」

「說好了什麼？」

夏侯澹沉默不語。

庾晚音逼他：「說好了什麼？」

「說好了讓我安心。」夏侯澹平淡地說：「妳想讓我生死之際都多一份掛念嗎？」

庾晚音轉身大步走開了。

她不知道刺痛她的是夏侯澹那留遺言似的語氣，還是自己心中揮之不去的不祥預感。

暗衛覷著夏侯澹的眼色。

夏侯澹面色平靜，揮退了他們，獨自跪回靈位前，等待新一批弔唁的臣子上門。

腳步聲由遠及近，庾晚音又風風火火地回來了，沒好氣道：「走吧，還跪個屁，人家都打算在邶山動手了，你打算陪太后過年？」

她沉著臉拉起夏侯澹，提高聲音喚來宮人：「陛下龍體有恙，快扶他回寢殿休息。」

夏侯澹倉促入戲，悲戚道：「可是母后……」

庾晚音懇切勸道：「陛下，龍體為重，莫誤了明日出殯。」

夏侯澹道：「那、那也有理。」

於是他們回了寢宮，大門一關，趕走所有宮人。

庾晚音問：「包餃子嗎？」

夏侯澹有些詫異地看她的表情。庾晚音強壓下心中的焦躁，偏過頭去，「包吧，大過年的。我去喊北叔。」

一想到今日過去，不知道明日會如何，便覺時間從未如此寶貴，她連氣都捨不得生了。

夏侯澹笑了笑：「好。」

北舟欣然應邀，當場搬來全套廚具，展示了一手和麵絕技。

夏侯澹脫掉孝衣，在一旁幫著剁餡，一刀與一刀之間的距離像人類的命運一般不可捉摸。庾晚音看了一下，忍無可忍地奪過菜刀，「滾邊去。」

夏侯澹不肯走，還非要發言點評：「妳這也就五十步笑百步吧。」

「那還是比你好一點……換個崗位吧，會包餃子嗎？」

北舟道：「他怎麼可能會？我來我來，你們都去玩吧。」

北舟動作俐落，雙手上下翻飛，一人頂十人。庾晚音沒找到幫忙的機會，決定去幹點別的。

宮裡原本備好了過年的布置，只是太后死得不巧，只好全收起來。庾晚音找了一下，翻出兩盞龍鳳呈祥的宮燈，無法往外邊掛，便掛到床頭自娛自樂。

她又去偏殿喊謝永兒：「吃不吃餃子？」

謝永兒道：「……吃。」

夏侯澹居然提筆寫了副春聯。

庾晚音詫異道：「你這字？」

「怎麼樣？」

「你之前的字有這麼好嗎？」

夏侯澹頭也不抬，一筆勾完，嘴角也輕輕抬起，「練過了嘛。」

庾晚音歪頭細看，還在琢磨。明明是一起練的字，對方進步速度也太飛躍了，突然就甩了她十萬八千里。

夏侯澹道：「別琢磨了，我開竅了，而妳，只能望塵莫及，無可奈何。」

庾晚音：？

庾晚音拳頭硬了，「你是國中生嗎？」

夏侯澹笑了起來。

謝永兒道：「咳。」她乾咳一聲，禮貌提醒他們還有個電燈泡在場，「有什麼我能做的嗎？」

「要說也是有的。」夏侯澹說：「妳那吉他呢？抱過來彈一首〈恭喜發財〉？」

謝永兒傻了。

時隔幾個世紀，謝永兒終於意識到自己經歷了什麼。

「你……你們兩個……」她手指發顫，「我彈吉他的時候……」

夏侯澹點點頭，「〈卡農〉彈得不錯。」

庾晚音補充道：「還有〈愛的羅曼史〉。」

夏侯澹道：「就是錯了些音，不過我忍住了沒有笑。」

謝永兒：「……」

「別這樣，」庾晚音繃著臉捅他，「其實也沒什麼錯。」

「是的是的。」

謝永兒：「……」

餃子出鍋了。幾個人圍桌坐好，還倒了些小酒。

窗外天色已晚，大雪紛紛揚揚。

夏侯澹「咦」了一聲，道：「什麼東西硌我牙……」他吐出來一看，愣住了。

是一枚銅錢。

北舟笑著舉杯，「澹兒，萬事如意，歲歲平安。」這頓年夜飯吃得無比隨意，所以他也沒在意宮廷規矩，這一聲只是長輩對晚輩的祝福。

夏侯澹頓了頓，忽然站起身。

北舟還沒反應過來，愣是坐在原地，看著夏侯澹抬起雙臂，將酒杯平舉於眉前，對自己一禮。

是子輩之禮。

北舟嚇了一跳，手忙腳亂地站起來，「澹兒，使不得！」

庾晚音笑咪咪地拉他，「使得使得，叔你就受著吧。」她心想夏侯澹這舉手投足，那神韻抓得還真到位，又不知是怎麼練的，極具觀賞性。

北舟訥訥地回了禮，眼眶有些發紅。

夏侯澹又斟滿了一杯，接著轉向庾晚音。

庾晚音若有所感，自覺地站起身來與他相對。

夏侯澹目不轉睛地望著她，深遂的眉目映著酒光，眼中也有了瀲灩之色。他緩緩舉杯齊眉，這才莊重地垂下眼簾。

庾晚音模仿著他的動作，與他對鞠了一躬。

這是夫妻之禮。

她的耳根發熱，手中普通的酒杯忽而變得燙手，彷彿有了合巹酒的意味。

謝永兒和北舟默默加快吃餃子的速度。

雪勢已收，都城之上雲層漸散，露出了清朗的夜空。

李雲錫去探望岑堇天，順帶陪他吃了頓年夜飯，回來的路上一直沉吟不語。跟他同車的楊鐸捷稀奇地問：「你怎麼了？」

「你說……」李雲錫一臉難以啟齒，「那爾嵐對岑兄，是不是太過關懷備至？」

楊鐸捷朝後一靠，「嗐，我道是何事，原來你才發現啊。」

李雲錫：？

楊鐸捷輕嗤一聲，「我早看出爾嵐有龍陽之好了，我還以為你也心知肚明呢，否則起初為何看他不順眼？但是這個人吧，相處久了卻也不差……」

李雲錫呆若木雞。

楊鐸捷伸手在他眼前晃了晃，問：「你怎麼不說『成何體統』了？」

千里之外，大雪如席。

林玄英站在河岸邊的高地上，垂眸望著兵士砸碎河冰取水。

「副將軍。」他的手下匆匆奔來，呈上一封密信。

林玄英拆開掃了兩眼，道：「端王明天就動手，到時天下大亂，咱們也不用隱匿行蹤了。其他兩軍出發更早，說不定都快到了。」

「那咱們……」

林玄英抬頭看了看遠處風雪中若隱若現的城郭燈火，「做好準備，直接殺過去吧。」

宮中。

一頓飯吃飽喝足，謝永兒告辭回房去收拾行李。

臨走時她將庾晚音叫到門外，從懷中取出一封信，「我明天走後，妳能把這個轉交給蕭添采嗎？」

「行。不會是好人卡吧？」

謝永兒：「……」

謝永兒能如願抽身離去，是蕭添採用工作力換來的。蕭添采這情聖原本還想對她保密，但她也不是傻子，稍加推斷就想到了。

庾晚音道：「真是好人卡？那語氣是委婉的吧？妳可別把人傷到消極罷工啊。」

謝永兒哭笑不得，「這妳放心。」

她看著庾晚音將信封貼身收好，似乎有些感慨，「沒想到，到最後託付的人會是妳。」

人生如戲，劇情如野馬般脫韁狂奔到現在，她們之間鬥智鬥勇，至今也稱不上是澈底交了心。但謝永兒有此舉，庾晚音竟也並不意外。

或許她們都能和宮裡別的美女言笑晏晏，但出身與境遇相差太遠，有些心事終究不能用言語傳達。有時候，庾晚音莫名地覺得連夏侯澹都不懂她的想法。

但那些惶惶不安，那些豪情壯志，甚至那些剪不斷理還亂的戀愛腦，謝永兒無須一字就能懂。在這方特殊天地裡，她們是彼此唯一的鏡子。

有一個如此瞭解自己的人存在於世，是威脅，卻也是慰藉。

庾晚音拍了拍她的肩，「出城之後想做什麼？」

「先遊山玩水一陣子，把這個世界好好逛一遍，然後……」

「隱居？」

謝永兒笑了，「怎麼可能？等你們安定了天下，我還想來拉點皇室投資，開創個商業帝國呢。」

庾晚音服了。不愧是天選之女，越挫越勇。

「有創業方向了嗎？」

「就先以城市為單位，發展一下外送業吧。」

庾晚音眼睛一亮，「非常好，我入股了。」

謝永兒道：「快遞也可以搞起來。哦，不對，那得先改善交通……我造汽車妳入股嗎？」

庾晚音笑道：「乾脆一步到位，造懸浮列車吧。」

「啊？那是什麼？」

庾晚音僵了僵。《穿書之惡魔寵妃》是哪一年的文？她忘了看發表日期。這該不會是一篇老文吧？這篇文寫出來的時候，有「懸浮列車」這個概念嗎？

她這停頓太過突兀，謝永兒詫異地看了過來。庾晚音慌了兩秒，臨時扯了個幌子，「沒什麼，科幻文裡看到過，我也解釋不清楚。」

「妳建議我去造科幻文裡的東西？」

「只是開個玩笑……」

謝永兒卻仍舊盯著她，雙眼中彷彿有明悟的光芒在緩緩亮起，「對了，妳上次說，妳在原本的世界是哪裡人？」

庾晚音：「……」自己怎麼就生了這張嘴。

「北……小縣城，妳沒聽過的。」

她心中叫苦不迭。明明已經分別在即，謝永兒這次要是刨根問底，繼而陷入存在危機，完全是她在造孽。

卻沒想到，謝永兒突然眨了眨眼，那一星光芒轉瞬熄滅了，「好吧。」

有一剎那，庾晚音奇異地感到熟悉。

謝永兒方才的面色變化微妙極了，由躊躇，至壓抑，再至灑然，一切只發生在幾秒之內。但冥冥之中，庾晚音卻看懂了。

對方就像是站在一扇無形的巨門前，已經伸手良久，卻在最終一刻轉身離去。

進一步是萬丈深淵，退一步是人間如夢。謝永兒神情有些恍惚，微笑道：「等我搞起外送，記得教我幾道妳家那邊的特色小吃。」

庾晚音回過神來：「好。」

剛才，為何她會覺得似曾相識？

謝永兒回去了。庾晚音仍站在門外，抬頭呼出一口白霧。

夜空中孤月暫晦，群星顯現出來。庾晚音原本只是隨意一瞥，抬頭時卻忽然定住不動了。

片刻後，身後傳來腳步聲，夏侯澹走到她身旁，「妳不冷嗎，這麼久都不回來？」

「我終於看出來了。」庾晚音激動地抬手一指，「那幾顆星星，是不是幾乎都在一條直線上？」

夏日裡，阿白也曾拉著夏侯澹看過天，還說過什麼東西快要連成一條線了。

庾晚音道：「我後來去查過阿白師父的預言，『五星並聚』指的就是這種星象，古書裡說，這是君主遇刺之兆。」

夏侯澹道：「那倒是挺準的。」

庾晚音大搖其頭，「不是，你再仔細看，那尾巴已經開始拐彎了，不再是一條直線了。這說明什麼？說明這一劫過去了呀。打敗圖爾後，你已經成功改命了！」

她振奮道：「否極泰來了，明天肯定沒事。」

夏侯澹失笑，「現代人開始相信天象了？」

「信則有，不信則無，反正我信。明天，讓我一起去。」庾晚音冷不防殺了個回馬槍。

夏侯澹幾不可聞地嘆了口氣，「晚音。」

「我知道，該說的你都說了。但……這兩天你一直怪怪的。說士氣低落都是輕的，你好像一直在準備後事！」

夏侯澹剩下的話語都被頂了回去。

他表現得這麼明顯嗎？

庾晚音看見他的表情變化，更加揪緊了心，「我也只是想求一份安心啊。你去犯險，卻讓我乾看著，你想想我的感受……」

「那非要一起赴險，妳才會安心？」

庾晚音將心一橫，「對。」

「皇后呢？不當了？」

「萬一幹不掉端王，這皇后也只是個擺設，我不想玩一輩子角色扮演。」

夏侯澹定住了。

良久，他輕聲問：「所以妳是說，妳寧願跟我死在一起？」

庾晚音吸了口氣。對方這個問題是認真的。

她不明白他為何如此悲觀，卻莫名知道，這個答案對他很重要。

所以她也慎重地思索了一下，「我穿過來，就等於已經死過一回了。原以為死後會上天堂，沒想到來了這麼個地獄副本。其實中途有幾次都身心俱疲不想玩了，但是因為有你一起組隊，不知不覺，也堅持到現在。」

夏侯澹悄然轉頭，目不轉睛地看著她。

庾晚音道：「我們做了好多事啊，預防旱災、打敗太后、結盟燕國……就算終止在這裡，我也要誇自己一句好樣的。當然，還有很多未解決的問題，還想做許多事，謝永兒說的商業帝國我也很有興趣……可是這條路真的太累了，太累了。」

嗓子有些發緊，她才意識到自己哽咽了。

她伸手牽住他，「你答應過的，無論生死，都不會讓我孤單一人。你想食言嗎？」

夏侯澹笑了，「好。」他將她擁入懷裡，「那就一起吧。」

真好啊，這就是書裡說的「死生契闊，與子成說」吧。可憐這一腔如海深情，錯付給一張厚重的假面。

但如果只剩今夜……

夏侯澹低頭吻住她。雪後的宮中萬籟俱靜，這一吻只有滿天星辰見證，沉寂而溫柔。

他伸手一勾，領著她朝溫暖的室內走去。

就將這張假面戴到天明吧，他卑劣地想。

燈火搖曳，肢體交纏。庚晚音放縱自己沉溺其中，思緒歸於空白之前，她忽然靈光一現，找到了答案。

她剛才如觀鏡般看懂了謝永兒，只因為她自己面前，也有一道不敢推開的門。

為了不再思考下去，她用力攀住夏侯澹的脖子，與他一道縱身沒入歡愉的洪流。

端王府。

夏侯泊跪在地上為亡母燒完一遝紙錢，起身平靜道：「各就各位吧。」

他的親信們聞言散去，只剩一道身影還跪在原地。

夏侯泊垂眼看著他，「我說過，為了避免被他們用天眼預知，我會在最後關頭增加一個小小的計畫。現在就是時候了。」

死士道：「請殿下吩咐。」

夏侯泊將一個香囊和幾張信箋遞給他，「我說，你記。」

滿城冰凍三尺的寂靜中，傳來孤零零的一聲敲更聲。

新的一年來臨了。

翌日，旭日高升，吉時已至，身著喪服的皇帝行過祭禮，又聽大臣念過哀冊，率文武百官護送著太后的三重梓宮，浩浩蕩蕩地朝著城外行去。

夏侯泊驅馬跟在隊伍裡，微微抬眸望向前方。

今日跟隨聖駕的侍衛比平時多了不少，簇擁在龍輦周圍，硬生生將皇帝與臣子們隔開了一段距離。眾臣之後，又有禁軍數百人壓陣。

看來皇帝還是做了防備的。不過己方的計畫妙就妙在，除非皇帝未卜先知，否則無論多少護衛都形同虛設。

——除非他未卜先知。

接近山腳處，安賢走到龍輦旁躬身道：「請陛下扶柩上山。」

按照禮俗，最後一段路需要皇帝步行扶柩，以彰純孝。

哀樂大作，夏侯澹下了龍輦，走到運送梓宮的車駕旁，伴著車駕繼續朝前步行。前方有一段山形崩斷入地，形成一面高十餘丈的陡直石壁。再往上，積雪覆蓋，悄無聲息。石壁對面，則是一片黑森森的茂密山林。

夏侯澹步履莊嚴，目不斜視，一步步接近石壁的範圍。

還差十五步——

夏侯泊悄然勒住了馬，引得身後隊伍一亂。

十步——

山上數聲慘叫，跟著是一聲厲喝：「有刺客！」

眾臣譁然，下意識爭相朝後退去，同時仰頭張望，試圖看個究竟。

隊伍中的夏侯泊眼睜睜地看著皇帝悠然停步，轉過身。

視線對上的一瞬間，皇帝幾不可察地勾了勾嘴角。

石壁上方的金鐵之聲響作一片，卻看不到人影，只見林木抖動，大塊大塊的積雪與土石簌簌落下。接著一陣驚呼，有人嘶聲吼道：「陛下快躲！」

黑沉沉的巨物從天而降。

眾人再度慌忙後退，一個絆倒下一個，橫七豎八地躺了一片。

那物直直墜下，一聲巨響，在他們眼前砸出一個深坑。眾人方才看清，那岩石有一人多高，從那麼高的山上掉下來，足以將人砸成肉餅。

而這巨石落地處，距離夏侯澹不過十步距離。

他方才只要再往前走一小段，今日的殯葬就又要多出一個主角了。

侍衛一擁而上，護著皇帝撤退。夏侯澹彷彿被嚇破了膽，匆匆往回跑了一段，這才暴怒道：「何人行刺？速速擒來！」

石壁上方，數十道人影出現。為首的正是禁軍新統領，「陛下受驚了，屬下已誅滅刺客，活捉頭目一人，這便下山。」

話音剛落，雪後寂靜的山林中，有人影開始移動。

夏侯泊運足目力望過去，黑壓壓一片全是禁軍，朝著山下圍攏過來。更遠的官道上也傳來了兵馬行進聲。

今日來到這邶山附近的禁軍，絕不止隊伍後面那幾百人。而那石壁上準備的其餘幾塊巨石紋絲不動，顯然巨石附近的埋伏已被全滅。

未卜先知？這項技能在夏侯澹的陣營裡，屬於儲備過剩。

夏侯泊知道皇帝在看著自己，他也知道禁軍將此地圍成一圈後，即將上演的全套戲碼。

他的臉色絲毫未變，還友好地俯身扶起幾個絆倒的臣子。

夏侯澹的嘴角沉了沉。

高統領很快將人押了下來。夏侯澹身邊的侍衛上前一通例行逼供，又一通拳打腳踢的搜身，末了大聲道：「屬下在這刺客身上搜出了端王府的權杖。」

全場落針可聞。

文武百官齊刷刷地望向夏侯泊。

刺客應該不會愚蠢到隨身攜帶端王信物的地步，但他有沒有帶其實無關緊要——夏侯澹需要侍衛搜出權杖，侍衛就搜出了權杖，僅此而已。

在場的沒有傻子，見此情形哪還有不明白的：這對天家兄弟這是要上演決戰了，就在此刻，在他們眼前。

「端王！」一聲暴喝，李雲錫激情擂起戰鼓，「你竟敢——」

卻見夏侯泊難以置信地瞪大眼，對著那侍衛悲憤道：「你……你胡說！」

李雲錫：「……」

這老狐狸擱這畫什麼皮呢？

夏侯泊「撲通」一聲跪下了，「定是有奸人陷害，求陛下明察，還臣清白啊！」

夏侯澹跟他各演各的，聞言左右為難地看看侍衛，再看看刺客，受氣包似的啞聲道：「母后的棺木都險些被砸碎，這些刺客究竟受誰指使，朕定要澈查到底。皇兄也受驚了，不如先回城裡歇息吧。來人，護送皇兄回府。」

一聲令下，四下的禁軍立即朝端王擁去。

夏侯泊相當配合，優雅地行了一禮，轉身主動迎向禁軍，垂在身側的手指抬了抬。

便在此時，人群中忽然有人「咦」了一聲，道：「啟稟陛下，臣見過這個刺客。他是庾少卿府中的家丁啊。」

出聲的臣子是個端王黨，說完還要大聲問道：「庾少卿，你見了自己家丁，怎麼不相認？」

人群炸了。

繼端王之後，庾少卿也體驗了一番萬眾矚目的待遇。他遠不似夏侯泊那般淡定，當場雙腿發軟，「一……一派胡言，我從未見過此人。」

李雲錫道：「怎麼可能是庾少卿的人！誰不知道庾少卿德義有聞，清慎明著……」

「奇怪啊，」一道清越的聲音加入進來，「庾少卿剛當上國丈，放著榮華富貴不享受，卻轉而去與端王合謀弒君，他瘋了嗎？」

李雲錫噎了一下。

幫腔的是爾嵐。她這陰陽怪氣的一句可頂他十句，順帶還扣死了端王的罪名不放。

李雲錫道：「就……就是。」

端王黨見狀不幹了，又有一人站了出來，「陛下，老臣上次去庾兄府上祝壽時，確實見過這名家丁。庾兄，你的家丁是怎麼弄到端王府的權杖的？這中間必有蹊蹺。」

庾少卿已經被嚇破了膽，踉蹌跪地道：「這……這……這……」

在場的擁皇黨見他這做賊心虛的表現，心下發寒。

那幾個端王黨未必真能記住區區一個家丁的長相，但他們敢在這關頭開口說話，就說明他們早已知道，這刺客確實和庾府脫不開干係，只需澈查下去，這口鍋就能扣到庾少卿頭上。

難道這新任國丈真的瘋了？

庾少卿方才一眼看見那刺客的臉，整個人如墜冰窟。家丁確實是他的家丁，但此人什麼時候成了端王的刺客，他竟全然不知。

然而，這話怎麼能說出來呢？說出來了，又有誰會聽那後半句？

說白了，今日這場面裡，最不重要的東西就是真相了。庾少卿在朝中本就根基極淺，混得左右不逢源，如今女兒飛上枝頭變了鳳凰，眼紅他的倒比巴結他的更多。看眼前這勢頭，這群人是早就商量好了要將他推出來做替死鬼的！

端王啊端王，到底從多久之前就開始算計他了？

幫腔的端王黨越來越多，庾少卿汗如雨下，愴然磕頭道：「陛下，老臣冤啊！這人……這人是端王派來的奸細！」

「哈哈哈。」那嘴角帶血的刺客頭目忽然笑了，「我就奇怪了，你們為何都覺得我是受人指使？庾大人，咱們兩個究竟是誰指使誰，你能不能說明白？」

庾少卿險些厥過去，「你在說什麼鬼話，我根本不曾——」

夏侯泊在心中冷笑一聲。被拱上了戲臺還想逃，也得問問老爺讓不讓。

刺客桀桀怪笑，伸手從懷中掏出一個染血的香囊，「你們方才搜身，怎麼沒搜出這個？」

暗衛：「……」

他們只會搜到需要搜到的東西。

那香囊工藝粗糙，紅豔豔的底色上，烏漆墨黑地繡了一男一女，共騎著一隻展翅的雕。

夏侯澹瞳孔微縮，下意識看向身側。他的貼身侍衛中，站著一道略顯瘦小的身影。

夏侯泊捕捉到他的目光一動，眼睛微微一瞇。

刺客道：「這香囊是誰繡的，想必皇帝陛下一定能看出來吧？」他得意揚揚地大笑起來，「老子今天橫豎逃不過一死，臨死也要說個痛快，免得被你們當作宮闈祕史壓下去了！」

昨夜。

夏侯泊將一個香囊和幾張信箋遞給他，「我說，你記。」

死士接過一看，信上是女子字跡，談不上娟秀，寫了些似是而非的情話——都是庾晚音在冷宮中唬端王用的。

夏侯泊道：「香囊你隨身帶著，信件你藏到庾府，等人去搜查。如今所有人都猜測庾后懷孕，皇帝廢了太子，是為了給她腹中的孩子讓道。但你被捕後要當眾招供，庾后腹中是你的種。」

「她在入宮前就與你眉來眼去，入宮之後還總是找你，與你珠胎暗結。沒想到事情被庾少卿撞破，你們便拉庾少卿一起商量，紙是包不住火的，不如趁著端王與皇帝反目，一不做，二不休，宰了那暴君。庾少卿借你一些人，你們埋伏在邶山，想著萬一失敗，就栽贓給端王。」

「沒想到被人認出，陰謀告破，你想著自己是活不成了，臨死也要嘲笑一番暴君。」

死士一一記下，卻又不解道：「殿下，皇帝真的會相信這番話嗎？」

夏侯泊道：「他信不信並不重要，重要的是，在場的文武百官都會聽見。」

如此一來，庾晚音永世洗不脫妖女之名，而夏侯澹若是悍然袒護她，也就成了色令智昏的昏君。

死士道：「萬一皇帝根本沒做防備，咱們一擊即中，直接送他去了西天呢？」

夏侯泊道：「那你就不招供了。就讓庾后腹中之子，成為夏侯澹的遺腹子吧。」

「……庾后並未真的懷孕。」死士提醒道。

夏侯泊笑了笑。

於是死士腦中轉過彎來：沒關係，夏侯泊掌權後，她自然會懷上的。將來孩子是幼帝，而夏侯泊是攝政王。

他們籌謀的一切，所求無非四個字：名正言順。

端王要的不僅僅是權力，他還要萬民稱頌，德被八方，功蓋寰宇。他還要君臣一心，勵精圖治，開創一代盛世。

所以他絕對不能背負著弒君之名上位。

他要當聖主，而聖主，總是值得很多人前赴後繼地為之而死。

死士在心中飛快地複習一遍臺詞，從容開口：「庾——」

他也只說出這一個字。

一聲炸響，他眼中最後的畫面，是皇帝對他舉起一個古怪的東西，黑洞洞的口子冒著青煙。

死士倒地，整個人痙攣數下，口吐鮮血，澈底不動了。

夏侯澹一槍崩了他，轉身就瞄準端王。

名正言順，誰不需要呢？他們隱忍到今天，也正是為了師出有名地收拾端王。但這一切有一個大前提：事態必須按照己方的劇本發展。

顯而易見，今天手握劇本的不只一人。

夏侯澹剛轉身，心中就是一沉，短短數息之間，他就瞄準不到夏侯泊了。

夏侯泊已經消失在禁軍組成的人牆之後，距離卡得剛剛好，隔著無數臣子與兵士，恰好站到了他的射程之外。簡直就像是……提前知道他手中有什麼武器一般。

而那些剛剛還包圍著端王的兵士，不知何時已經以保護的姿態將他擋住了。

上任不久的高統領面色一變，連聲喝止不成，氣急敗壞道：「你們想要反了嗎？」

沒有一人回答他。無形之中，在場的數千禁軍分成了兩撥，各自集結，互相對峙。

兩邊陣營中間，是手無寸鐵瑟瑟發抖的百官。

北舟耳朵一動，低聲道：「不只這些人。林中還有伏兵，應該是他囤的私兵，或是邊軍已經趕到了。澹兒，他根本沒指望用幾塊石頭砸死你，他的後手比我預想中多。」

到了此時，夏侯泊還在兢兢業業地大聲疾呼：「陛下！那刺客死前說了個『庾』字，陛下為何急著殺他？他手中那香囊是誰繡的，陛下難道不查嗎？」

大臣們早就縮成鵪鶉不敢吱聲。人群中，李雲錫梗著脖子想回敬一句，被楊鐸捷一把捂住嘴。楊鐸捷貼在他耳邊急道：「別說話，文鬥已經結束了。」

箭在弦上不得不發，一場惡戰終是無可避免。

夏侯泊道：「陛下為一女子，竟要不辨黑白，對手足兄弟下手嗎？那庾后究竟有何手段惑人心志，先前衝撞了母后也能全身而退，反倒是母后忽然橫死……」他突然望向那名矮小侍衛，「庾后，妳無話可說了嗎？」

那矮小侍衛渾身一震。

夏侯澹目不斜視，「讓他閉嘴。」

高統領一聲怒吼，直接定性：「拿下叛軍！」

與此同時，夏侯泊也喊出了名號：「除妖女，清君側！」

兩邊橫刀立馬對衝而去，一時大地搖顫。

困在中間的百官忽然被前後夾擊，一旁又是山壁，四面只剩一面出口，就是那片黑黢黢的山林。

李雲錫等人被人群推搡著奔向那山林，剛跑進幾步，又被逼退出來。

林中的伏兵出動了。

這些人方才隱在樹叢間，連氣息都掩蓋得幾不可聞，只有北舟這樣的絕世高手才能發現端倪。此時浩浩蕩蕩地殺出來，龐大的隊伍竟望不到盡頭。

為首一人一聲號令，將士齊齊拔劍，人還未至，那凌厲的煞氣已如黑雲壓頂，與一盤散沙的禁軍判若雲泥。

李雲錫罵了一聲：「邊軍……」

這般氣勢，只可能是沙場上刀口舔血練出來的。

這麼多邊軍，怎會出現在此？無論是從北境還是南境，他們一路奔赴此地，都城不可能連個警報都收不到。

唯一的可能是，中軍洛將軍或是右軍尤將軍回朝述職時，留了人手沒帶回去。他們從那時起就隱在附近，只等著端王振臂一呼。

這一變故顯然不在夏侯澹的預判之內。衝在他前面的那一半禁軍措手不及，一對上這群閻王，幾乎是瞬間就被衝破了防線，登時節節潰敗。

群臣鬼哭狼嚎，四散奔逃。

雖然兩邊都在乎名聲，有意繞開臣子，但刀劍無眼，仍舊嚇得他們連滾帶爬。

李雲錫在文臣中算是體魄健壯的，邊跑還邊拉起幾個絆倒的臣子。四下殺聲震天，遠處還有幾聲炸響，似乎是從皇帝那方向傳來的，他不知是何物，只知道聽起來甚為不祥。

忽然一聲馬嘶，一匹驚馬脫離了路線，朝著他們直直撞來。李雲錫眼明手快，一把推開一個蹣跚的老臣，自己就地一滾，險險避開馬蹄。

「李兄！」楊鐸捷躬著身靠過來扶起他，「沒事吧？」

李雲錫嗆著灰道：「不用管我，你們朝沒人的地方躲——爾兄呢？」

「沒看到！」

李雲錫急切抬頭，在人群中搜尋著爾嵐，目光掃過某個方向，瞳孔一縮。

楊鐸捷問：「李兄？李兄你去哪？」

李雲錫拔腿就跑，從刀劍叢中飛奔而過。

遠處被遺忘的山間小道上，有一道瘦弱的身影正在拚命朝上爬。在他的注視下，對方閃身躲到樹後。

爾嵐要摸到石壁上做什麼？李雲錫想起那巨大的落石，再一看兩邊人馬進退的方向，立即知曉了答案。

但這一節他們能想到，別人自然也能想到！

禁軍乍遇強敵，士氣頓消，本就是一群各自為營的牆頭草，如今鬥志一失，連陣形都開始潰散。

夏侯泊沒有上馬，他冷靜地隱在人牆之後，遠遠望著皇帝那頭，聽著不斷傳來的古怪炸響。但開火的卻不是皇帝。開戰之後，皇帝手上的武器就消失了。

或許是為了掩人耳目，那矮小侍衛並沒有躲在皇帝身後，而是與其他侍衛一道衝出來作戰。但「他」底盤不穩，腳步虛浮，明顯不是練家子。

打鬥片刻，「他」很快就左支右絀，不得不從懷中掏出那古怪武器自保。

夏侯泊看到此處，遙遙一指，「去將那侍衛拿下。」

此時那侍衛正彈無虛發，槍口下倒了一片，逼得餘人無法近前。

——如果夏侯泊沒有調查過邶山享殿裡的彈坑，沒有派死士觀察過庾晚音的武器形狀，他此時或許還真會束手無策。

夏侯泊一舉臂，六七個死士合圍而上，以身為餌，直衝著槍口而去。

侍衛果然手忙腳亂，倉皇開槍，剛擊斃兩個，冷不防一張大網從天而降，兜頭將「他」罩了進去。

侍衛猛烈地掙扎起來，然而死士們撲過去拽住網繩，合力一扯，大網猛然收緊，將其手腳牢牢困住，再也移動不了分毫。

侍衛倒在地上徒然扭動著身軀，被死士以刀抵住脖子才僵住不動。

確認「他」再也舉不起手臂後，夏侯泊才下令：「奪了她的武器，撕了她的人皮面具，把她吊到樹上給所有人看清楚。」

然後以她為質，讓皇帝鳴金收兵，乖乖回宮接受看守。

皇帝不能死在今天、死在這裡。他必須被妖后庾晚音迷惑心志，在宮中瘋魔而亡。

李雲錫氣喘吁吁道：「停下！」

爾嵐道：「別管我。」

「上面不可能沒人，妳去也只是送死。」李雲錫咬牙追去，卻總落她幾步，只能伸直了手臂試圖扯住她，「我去，我去總行了吧！」

爾嵐笑了一聲，「說什麼呢，李兄不想當股肱之臣了嗎？」

「我入朝就是為了死得名垂青史，別搶——我的——機會！」李雲錫飛撲一步，終於拉住爾嵐的手腕，用力一扯，將她甩到身後，「看你這細胳膊，至少我肉厚力氣大——」

「我是女子。」

「——推得動那石……」李雲錫的聲音戛然而止。

趁他如遭雷劈腳步一滯，爾嵐再度超過了他，「回去吧，李兄。我在朝中本就不成體統。」

石壁上的場面極其慘烈。

端王的叛軍步步緊逼，很快將夏侯澹的禁軍逼退到石壁下方。此時落石下去，就算砸不死皇帝，也能砸死一片禁軍。

端王的死士自然也想到了這一點，一開戰就衝了上來，想搶占巨石。

夏侯澹的暗衛留在此地看守，想放箭將其攔在半山腰。對面立即以牙還牙，亂箭如蝗。

戰到此時，巨石邊屍橫遍野，已經只剩三四個倖存的暗衛，還都受了重傷，靠著巨石的遮擋勉力支撐。

爾嵐剛冒頭就中了一箭，肩上劇痛，痛得她險些叫喊出聲。

她立即趴伏在地，死死咬著牙關，從近旁的屍身上扯下一副鎧甲，披到背上，朝著那幾塊巨石慢慢爬去。

暗衛忽然看見一個手無寸鐵的文臣獨自跑來，吃驚道：「你是何人？」

爾嵐道：「往下看看，端王的人到哪了？」

暗衛一愣。

爾嵐道：「我若是陛下，就會故意退得快些，引他們到石下。」

一個背上中箭、面白如紙的暗衛冒死探出身子，朝下望了一眼，又飛快縮了回來，「真的，現在底下都是端王的人，難怪他們這麼著急……」

他又朝來敵放了兩箭，但重傷無力，箭矢半途就已墜落。

暗衛語帶絕望道：「他們要上來了。」

他看了看仍在苦撐的同伴，深吸一口氣，轉身抵住巨石。

爾嵐爬到他身邊，與他一道用力，「一、二——」

山下，幾個死士上前，一人去掰那侍衛持槍的手指，另一人去撕人皮面具。

面具被撕開一角，露出底下的眉眼。

死士的動作驀地一頓，張口欲呼，網中之人卻猛然暴起，骨骼悶響幾下，身形暴長，剎那間扯碎了捆住自己的網！

兔起鶻落，幾息之間，死士全部倒下，露出本來面目的男人騰空而起，便如大鵬展翅，飛到不可思議的高度，對著人牆後的端王舉起槍。

他身周空門大開，地面上無數暗器朝他射去，他卻擋也不擋，逕自扣動扳機——

「砰！」

夏侯泊不得不躲。

他躲得快，對方的槍更快，彷彿預判了他的去向，「砰砰」兩聲連響幾乎沒有間歇！

夏侯泊剛踏地，就覺得什麼東西飛了出去。

半張臉上忽感潮濕，是他自己淋漓的血。

飛出去的是他的耳朵。

爾嵐與暗衛都負了傷，各自拚盡全力，竟只能將巨石推動幾寸。

她豁出去大喊一聲，用身體朝著巨石撞去。

巨石動了。

爾嵐心中一喜，這才發現身邊多了一個人。

李雲錫道：「一起。」

爾嵐道：「你會死的！」

李雲錫望了她一眼，眼瞳中燃燒著前所未有的豪情，重複了一遍：「一起。」

千鈞一髮之際，容不得猶豫，爾嵐再次喊道：「一、二——」

第四個人撞了過來。

楊鐸捷道：「一起。」

李雲錫：「……」

北舟身在半空逃無可逃，中了數枚暗器。他的身軀開始下落，電光石火間，又連開兩槍。

夏侯泊狗一般逃竄。他這次是真的拚了老命，衝出一段路，忽然心中「咯噔」一聲，下意識抬頭一望——

「轟！」

一聲巨響，所有交戰的將士不由得停了一瞬。

夏侯泊只剩上半身還露在巨石外面。他頑強地試圖往外爬，卻被牢牢壓住了腿，情急之下十指摳進了泥裡。

北舟落地，晃了晃，再度舉槍。

沒彈藥了。

人群中傳來一道厲喝：「接著上，拿下皇帝！」

出聲的是邊軍伏兵的頭領。端王一倒，他們本該群龍無首，但這頭領顯然積威甚重，當下一不做，二不休，接過了指揮權，「左翼，救端王！你們幾隊，去追庾后！」

叛軍知道開弓沒有回頭箭，今日不是勝利就是死路一條，當下越發不要命地朝夏侯澹撲去。又有一批人朝相反方向縱馬疾馳，要去另一邊城門找庾晚音。

北舟半身浴血地殺回夏侯澹身邊，只說了一個字：「撤。」

言罷不管不顧，揹起夏侯澹就跑。

夏侯澹猝不及防，掙扎道：「叔，等等，我不能就這麼——」

「我不管！」北舟強硬道：「這邊頂不住了，你還想不想活？走，皇帝不當了。」

第二十一章　吾妻晚音

爾嵐等人爭相上山的同時，庾晚音驀然驚醒。

她立即發現自己身在顛簸的馬車上，而夏侯澹並不在身邊。

昨夜夏侯澹答應與她共赴邶山，然後他們親熱起來。後來自己是怎麼睡過去的，她竟毫無記憶了。

「夏侯澹……」庾晚音咬牙切齒，掀開車簾朝外看去。馬車明顯已經出了城，外面卻不是官道，而是一條林間小路。一隊暗衛護送在側。

庾晚音道：「停車！」

無人理會。

庾晚音道：「快停下，陛下呢？」

暗衛開口了：「屬下有令在身，拚死護送娘娘，無論發生什麼都不能回頭。」

「別白費功夫了。」對面有人涼涼道。

謝永兒坐在她對面，無奈地看著她，「都出城半個時辰了妳才醒過來，看來蕭添采的迷藥還挺有用。」

庾晚音問：「夏侯澹把我弄進來的？妳也知情？」

謝永兒舉起手，「我可不知情，今天清晨我都要走了，他臨時把妳塞了進來。他故意瞞到最後一刻，就是為了確保無人洩密吧。唉，別生氣了，還不是為了妳？」

庾晚音從懷中摸出手槍。

她心裡全是糟糕的預感，「邶山那邊如何了？」

「這時不可能知道啊，總要等逃到別的城裡，喬裝打扮安定下來，才能找人打聽吧。」謝永兒聽起來居然心情不錯，「妳說我們會先去哪座城？」

庾晚音：「……」

「不好意思，我剛呼吸到自由的空氣，有點醉氧——」

謝永兒的語聲戛然而止。

下一秒，庾晚音只覺天旋地轉，整個人離座而起，耳邊傳來馬匹的悲嘶聲。

「絆馬索！」暗衛喊道。

庾晚音重重落地，眼前一黑。

箭矢破空聲。

打鬥聲。

暗衛倒地聲。

庾晚音揉著額頭坐起，身下居然變成了車壁，馬車整個翻了。謝永兒在她身側半趴著，緊緊捂著自己的胳膊，面色痛苦。

庾晚音悄聲道：「怎麼樣？」

「好像骨折了……」

一支箭破窗而入，擦著庾晚音的耳朵飛過，釘到車座上。

「庾后，要不勞煩妳自己爬出來？」遠處有人陰陽怪氣地喊道。

謝永兒猛地抬頭，「是木雲的聲音。」

木雲站得遠遠的，望著手下與暗衛搏鬥，「端王要妳，活的最好，死的也行。」

車內庾晚音再度伸手入懷，摸了個空。

木雲道：「自己出來吧，別逼我放火燒車。到時候妳燒焦了認不出臉，端王那邊我也不好交差。」

火光漸近。木雲還真不是說笑。

庾晚音慌忙四下摸索，越著急越是找不到那把槍。

一隻手按了按她的肩，「別急，慢慢找。」

謝永兒提高聲音：「真是遺憾，你堵錯人了。」

庾晚音吃驚地抬頭，謝永兒已經往窗口爬去。她伸手一拉，沒拉住。

謝永兒道：「想不到吧，車裡是我呢。」

她一爬出車廂就被人擒住，拖到木雲面前。

木雲愣了愣，不怒反笑，「我道是誰，這不是謝妃娘娘嗎？」

謝永兒雙手被反剪，還扯動著骨折處的傷，忍得冷汗直下，斷斷續續道：「你……反正也被罷免了，倒不如……跟我一道反了，反正端王……也不是良主。」

木雲陰惻惻道：「的確，我蹲守在這也只是孤注一擲，賭一把皇帝會送走庾后，再賭一把他們會選一條偏僻小路。我自詡洞察人心，日後也該是端王麾下第一人。如今卻要機關算盡，只為了換回他一絲垂憐，妳說，這是拜誰所賜呢？」

謝永兒極力調整語氣，安撫道：「你不明白……」

「當然是拜妳所賜啊！」木雲目露凶光。

謝永兒身後之人突然施力，按著她跪了下去。謝永兒痛呼一聲，緊跟著臉上就被連抽數掌。

木雲抽完了，欣賞一下她忍氣吞聲的表情，忽然大笑道：「妳真以為這點雕蟲小技，就能保住車裡的人？」

「你在……說什麼？」

「放心，你們都不會被落下的。」木雲抽出匕首，一邊刺下，一邊漫不經心道：「把車燒了。」

這是他留在世上的最後一句話。

接著是一連串炸響。

他停下手中動作，倉皇抬頭，只能看見由遠及近，自己的手下一個接一個倒下。

他的腦中迴響起被罷免之前聽過的話語：「享殿裡留下了幾個碗大的坑洞，不知是什麼武器打出來的……」

接著他就無法再思考下去了，因為那坑洞出現在他的腦中。

領頭的一死，餘人樹倒猢猻散，被幾個活下來的暗衛追上去解決了。

庾晚音飛奔向謝永兒。

木雲辦事很有效率，倒地之前，已經在她身上捅出幾個洞。

「沒事沒事，止血就好。」庾晚音雙手發抖，徒然地試圖堵住那幾個血窟窿，聲音都變了調，「蕭添采人呢？」

謝永兒笑了，「妳忘了嗎？他留在宮裡，換我自由。」

「我們回去，我們回去找他，妳再堅持一下……」

「聽我說，」謝永兒抓住她的手，「不要告訴蕭添采。他知道我死了，說不定會罷工。」

庾晚音急紅了眼，「閉嘴！」

北舟揹著夏侯澹一逃，禁軍鬥志全無，兵敗如山倒。

端王黨哪裡會任他逃走？此時也顧不上留活口了，暗器、箭矢如雨般落下，卻始終沾不上他們的衣角。

然而北舟渾身都在流血，飛奔片刻，步履漸漸遲緩。

夏侯澹看出他堅持不了多久了，開口道：「北叔，把我放下，你自己逃吧。」

北舟短促地嗤笑一聲，像是聽了個巨大的笑話，「天塌了我也不會拋下你。」

「我本就命不久矣。」

「胡說！只要不當這狗屁皇帝，你肯定能長命百歲，叔去幫你找藥……」

夏侯澹伏在他的背上安靜了一下，道：「我不是你的故人之子。」

北舟腳下未停，嘴上卻突然沒聲了，不知聽懂了沒。

夏侯澹道：「我不是夏侯澹，我只是借用這具軀殼的一縷孤魂。先前種種，都是我騙你的。」

「……」

「叔？」夏侯澹見他還不放下自己，語聲迫切些許，「你明白了嗎？我不是——」

「我聽懂了，你不是她的孩子。」北舟的聲音忽然嘶啞，彷彿整個人在瞬息之間變得蒼老，「但她也不會想看到你受苦的。」

他猛提一口氣，仰天長嘯，聲震山林。

「端王的人上來了。」爾嵐躲在剩下的一塊巨石後，望著身邊幾人，「能與諸君同日赴死，是我生平幸事。」

李雲錫滿臉糾結，最後彷彿痛下決心，握拳道：「爾兄，其實我——」

「哈哈哈，不如我們在此結義，來生再做兄弟！」楊鐸捷慷慨道。

爾嵐道：「妙啊。」

李雲錫：「……」

「好好活下去……把商業帝國搞起來。」謝永兒目光開始渙散，「別難過，我要回到……書外面的世界了。」

庾晚音的眼淚奪眶而出。

對於紙片人，哪有什麼書外的世界？

謝永兒道：「等回到現代，我就去妳的家鄉，嚐嚐妳說的……豆什麼……」

「豆汁。」庾晚音的眼淚一顆顆砸在她臉上，「還有炒肝、炸醬麵、烤鴨、燒花鴨、蒸羊羔……」

謝永兒在她的報菜名聲中緩緩闔上了眼。

大地在這一秒開始震動。

天選之女意外離世，這一方天地發出嗡鳴，山石震盪，搖搖欲墜，彷彿將轟然崩塌。

庾晚音緊緊抱住謝永兒的屍體，想為她擋去塵土與落木。

她腦中一片空白，只剩一個念頭：剛才自己為什麼沒能早點找到那把槍？

地震持續了整整一刻鐘，天地才堪堪息怒。

庾晚音仍舊茫然地坐在原地，直到暗衛將她拉起，「娘娘，咱們必須繼續前行了。謝妃的屍身，可否就地安葬？」

「……」

「娘娘？」

庾晚音深吸一口氣。眼前活著的暗衛只剩五人，還都負了輕傷。

她拍了拍自己的臉頰，強迫思緒重新運轉，「葬了吧。儘量把咱們的痕跡都抹掉，或者去別處也留下些痕跡，迷惑追兵。」

於是留下一人善後，剩下四人護著她繼續趕路。馬被殺了，他們只能步行，循著一條避開人煙的路徑越走越遠。

這一日夕陽西下時，庾晚音體力告罄。他們尋了處山洞過夜，不敢生火，翻出乾糧來分食了。

庾晚音只啃了幾口就沒胃口了，退到角落裡抱膝坐著，眼神發直。

今天發生了這麼多事，她腦中翻來覆去，卻只有兩個問題。為什麼昨夜沒看出夏侯澹在騙自己？為什麼沒能早點找到那把槍？

或許是因為她的狀態實在太糟糕，暗衛幾次三番偷看她，末了交頭接耳幾句，其中一人從懷中取出一封信，「娘娘。」

庾晚音慢慢抬眼。

「臨別時陛下留給屬下這封信，說要等平安脫險後再交給娘娘。屬下擅作主張，提前取出來了……或許娘娘會想讀。」

庾晚音一把奪過信，粗暴拆開，借著最後一縷夕照急急地讀了起來。

信上全是現代字，但寫得秀逸瀟灑，不是夏侯澹慣常給她看的字體，一筆一畫倒有些像是他昨夜寫的春聯。

第一行寫著「吾妻晚音」。

第二行是「我叫張三」。

吾妻晚音：

我叫張三。

想笑妳就笑吧，以前也常有人問我是不是買東西送的，才會叫這個名字。其實恰好相反，我爸媽對這名字極其滿意，覺得它如此不走尋常路，一定會讓我成為人群中最搶眼的仔。

事實也的確如此，我從小到大，沒遇到過一個撞名的。從小學到國中，我都是第一個被老師記住的學生。不過嘛，除了這個酷炫的名字，我倒是挺乏善可陳的。成績不好不壞，只有物理拿過兩次第一。至於英語，選擇題基本靠骰子吧。

哦，對了，我體育還不錯，運動會上老是被班裡逼去報名長跑。

讀到這裡妳可能會奇怪，我為什麼要拿國中的事說個沒完。

因為在我們那個世界，我沒有更後面的記憶了。

國三那年，我上課分心玩手機，被一個彈窗小廣告吸引進這本書裡（這個故事告訴我們，上課要專心聽講）。剛成為夏侯澹的時候，這傢伙的身體才發育到六歲。

爾來十六年又八個月矣。

這麼算來，我成為夏侯澹的時間，竟已經比當張三的日子還長了。

最近兩年我有時會突然心生懷疑，「書外面」的世界是真的存在，還是我腦子生病而產生的妄想。畢竟，一個同時存在冷氣、網路、全民健保和阿司匹林的天地，聽起來確實越來越不現實了。

說來好笑，當初來到此地，我感覺自己陷入了一場無法結束的噩夢裡。可如今回頭去看，卻連國中的校名都險些想不起來了。前塵種種，反倒猶如華胥一夢。

直到妳問出那句「how are you」。

原來那一切是真的。原來我曾經有血有肉地活過，有過父母，有過朋友，有過未來。

我是一個卑劣的人。妳在那一瞬間拯救了我，我卻在下一秒就制定了欺騙妳的方針。取得妳的信任，成為妳的同盟，讓妳手中掌握的劇本為我所用。只有這樣，我才能用最穩妥的方式取得勝利，讓太后和端王血債血償。

在妳面前，我不僅將過往盡數粉飾，連言行舉止都會刻意控制，努力扮演一個妳所熟悉的現代人。我不能讓手上沾的人血嚇走妳。

直到真的開始演張三，我才被迫一點一點地想起，自己離他已經多遠了。這些年來夜夜夢到魑魅魍魎將我拖下無間地獄，次數多了，也就習以為常。妳來一個月後，我忽然有一次夢到同學傳紙條，喊我下課一起衝去福利社。醒來時摔了幾副杯盞，只想讓四面宮牆內多些聲響。那一刻真恨不得一把火燒了一切，一了百了。

妳來得太遲了，晚音。這裡已經沒有等待妳的同類了。妳只能攤上一個瘋得時日無多的我。生而不為人，我很抱歉。

——妳剛才是不是看笑了？多笑一笑，妳最近太不開心了。

我說不清是何時愛上妳的。作為張三，喜歡妳似乎天經地義；作為夏侯澹，卻又近乎魔障。我只知道從那以後，我就更害怕露餡了。

溺水之人都祈求能抓住一段浮木。可當他們離岸太遠，註定無救，再死死扣住浮木，就只會將浮木也帶入水中。

我希望，至少可以不讓妳沾上血跡。我希望在這黑風孽海，至少有一個地方能讓妳睡個安穩覺。我希望晚一點面對妳驚懼防備的眼神。我最希望的，是看妳永遠灼灼似火，皎皎如月，永遠是最初那個無所畏懼、大殺四方的女孩。

如果妳暫時膽怯動搖，需要一個同類給妳力量，那我就扮演這個同類，一直做到死去的那一天。

我已經沒有故鄉了，妳就是我的故鄉。

——當時是這樣打算的。

可沒有想到，這一天會來得如此之快。我原本指望著能為妳帶走端王。明天我自當盡力，萬一我成功了，妳的擔子也能輕些。如果我失敗，妳就照著最後一張紙上寫的去做，應該也能逃出生天。

再之後的路，就要妳一個人走了。天涯路遠，江湖險惡，多加小心。

雖然對妳撒了許多謊，但這一句絕非虛言：妳是我這兩輩子見過的最厲害、最勇敢的人。妳一定會笑到最後，殺出一片山河清明來。

到那時，如果原諒了我，逢年過節就吃一頓小火鍋吧。就當我去陪妳了。

張三

除此之外，信封裡還有一頁寫滿字的紙，以及一個小東西。

庾晚音讀完最後一個字，天邊的夕照正好澈底消失。暗衛扯來藤蔓遮住山洞的入口，輕聲勸她早些休息。

她將信揣進懷中貼在胸口，和衣躺了一夜。

山中夜冷，她整個人從足心開始漸漸發寒，最後凍成了僵冷的石頭。她怕一睡不醒，睜眼默數著數，耳邊傳來暗衛換崗守夜的輕微動靜，以及遠處悲涼的狐鳴。

第二天清晨他們再次出發，尋了一處小溪，洗去身上的血污。

庾晚音身上穿的本就是布衣男裝，應當是夏侯澹為了方便她出逃幫她換上的。包袱裡還準備了她平時喬裝慣用的工具、備用的衣服、火石、匕首等必需品。

庾晚音對著溪水化了個妝，黏上鬍子，又站在岸邊點燃了信箋，望著它在火焰中蜷曲起來，化為星星點點的灰燼落入水中，隨波流遠了。

她用餘光發現幾個暗衛望著自己欲言又止，才恍然意識到，自己從昨夜讀完信一直到現在，一個字都沒有說過。

她清了清乾澀的嗓子，道：「你們傷勢如何了？」

暗衛紛紛道：「都是小傷，已經好了。」

「嗯。咱們得走到有人煙的地方，才能打聽都城的情況。」

暗衛見她神情如常，也沒再鬧著要回都城，都如釋重負，忙道：「屬下奉命保護娘娘，眼下情勢難測，但凡端王未死，他安排的三方邊軍仍會向此合圍，鎮壓禁軍助他上位。這三方人馬是從北、東、南三面過來的，屬下以為，趕在他們接上頭之前，可以尋一處豁口——」

「咱們向南。」庾晚音提起包袱，轉身出發。

暗衛愣了，連忙追上去接過她的包袱，「娘娘，南邊是右軍要來的方向。」

庾晚音目不斜視，「向南，去沛陽。這是陛下的意思。」

沛陽只是一座平平無奇的小城，地勢上也沒什麼稀奇之處。為何要去那裡，暗衛百思不得其解。

莫非夏侯澹在那裡布置了援軍？但若有援軍，昨天就該用上了，又怎會等到現在？

庾晚音諱莫如深，步履卻不停，「辛苦諸位，護送我前去吧。還有吃的嗎？」

她接過乾糧，邊走邊塞進嘴裡，逼迫著自己咀嚼咽下。

暗衛在她身後有些擔憂地對視一眼。他們不知道信的內容，也就不知道提前給她看信，會不會犯了錯。

沉默地趕路半日，前方出現零零星星的村落。

除了他們一行，路上沒有幾道人影，而且個個行色匆匆，神情如驚弓之鳥。

暗衛試圖朝村民搭話，村民們瞧見陌生人，卻反過來向他們詢問消息。兩邊都是一臉茫然，交換半天情報，只知道都城昨日大亂，血流成河；今日卻已封城，一片死寂。村民莫說是誰輸誰贏，連誰跟誰打都摸不著頭腦。

到了傍晚，庾晚音身上陣陣發冷，漸漸頭暈目眩走不動路。後知後覺地抬手一摸，燙的。

暗衛慌了，她卻無甚表情，「沒事，睡一覺就好。不能去客棧，會暴露行蹤的。想辦法找地方借宿吧。」

又走半里路，天色昏暗下去，前方一戶院門裡隱約有火光搖曳。

暗衛上前叩門，一個雙目紅腫的老嫗出來應門：「誰？」

暗衛賠笑道：「大娘，我們是去都城探親的，沒想到路上被人偷了行李，又聽說都城出了事，不能再向前走了。而今同伴又生了病，實在無法，只剩這點盤纏，想討口飯吃。」

說著遞進去一把銅錢。

老嫗嘆道：「進來吧，都是苦命人。最近村裡好多人家都被偷了，看來是有厲害的賊人……」

她念念叨叨地轉身朝裡走，暗衛扶著庾晚音跟了進去，才發現那火光來自院中一隻瓦盆。老嫗將他們引進屋，自己坐回盆邊，又往裡投了些紙錢。

暗衛道：「大娘，這是……」

老嫗背對著他們搖搖頭，嗚嗚咽咽地哭了起來。裡屋走出個老漢，低聲道：「她弟弟住在邶山邊上，昨日趕上端王造反，兵荒馬亂的，人不知怎的沒了。」

庾晚音的心突地一跳，嘶聲問：「端王造反成了嗎？」

老漢連連搖頭，「報喪的只說死了好多人，死的大多是禁軍，別的說不出來了。」

庾晚音眼前發黑，不由自主地晃了晃。

死的大多是禁軍……

不是禁軍內訌，就是端王藏了兵力。無論是哪種，夏侯澹都凶多吉少。

旁邊的暗衛連忙攙住她，「大爺，此時叨擾實在不該，但我們……我們兄弟病得厲害，可否煮碗麵給她吃？」

片刻後，幾人端著碗狼吞虎嚥，昏黃的油燈倒映在麵湯裡。

這農戶家境還挺殷實，庾晚音那一碗裡居然臥了顆雞蛋。她捧著碗喝了幾口熱湯，手抖得沒那麼厲害了，遲鈍的腦子勉強重新運轉。

如果端王贏了，夏侯澹有可能已經死了，也有可能被關在宮裡等死，以便端王平穩上位。他們只能祈禱是後一種。

老嫗燒完了紙，回到屋裡揩著淚罵道：「端王這殺千刀的狗東西，老天都看不下去，要拿地動收了他。」

「妳小聲點。」老漢壓低聲音道：「那皇帝又是什麼好東西？老人總說，君主無德才會地動！那暴君連太后都殺……」

庾晚音手中的筷子停了下來。

老嫗道：「太后一定是他殺的嗎？皇家的事，我們哪裡搞得清？」

老漢擺擺手，「老婆子，頭髮長見識短，不與妳說了。」

「我沒見識，我弟弟也沒見識嗎？」老嫗怒道：「他可說過，皇帝讓人均什麼……均田、減稅！還殺了好多狗官！」

庾晚音問：「狗官？」

暗衛詫異地瞥了她一眼，似乎希望她不要出聲。

老嫗卻一無所覺，掰著手指報了一串名字：「我弟弟說，這都是些魚肉百姓的大狗官，這些年，皇帝為民除了不少害啊。」

老漢拍了她一下，「名字都不知是真是假，別丟人現眼了。」

她的確說錯了幾個字，而且大官小官混在一處說了，這情報似乎來自都城街頭巷尾半真半假的風傳。天子腳下的百姓，都有這個愛好。

來了這麼久，庾晚音知道這些臣子有些是太后黨，有些是端王黨。但她從未費心調查過他們的背景，也不記得他們的名字是否出現在原作中。

說到底，她之前根本沒有關心過那「原裝暴君」殺了誰，只當是書中既定的名單。暴君嘛，肯定是要黑白不分錯殺忠良的。

或許連夏侯澹自己都不清楚，在她來之前，他殺對了多少人，又殺錯了多少人。

或許他也並不想面對確切的數字。

庾晚音驀地想起很久很久以前，夏侯澹與她對臺詞時，十分浮誇地說過：「我不過是個被蒙住雙眼、捂住雙耳的瘋王罷了，是忠是奸，還不是一本奏摺說了算？」

當時她只當他演得入戲，才能演出滿目的自嘲與蒼涼。

那老漢還在與老嫗爭論不休：「你可記得胥閣老……」

是了，胥閣老。

庾晚音想起胥堯死後，夏侯澹問她：「原文裡的胥堯是什麼結局？」

「好像一直跟著端王混，當了個文臣吧。」

夏侯澹當時沉默片刻，笑了笑：「所以，我們害死了他。」

那之後，他就不再詢問角色們原本的結局了。他毫不遲疑地推進計畫，生殺予奪，面無表情。他說：「妳以後如果必須除掉什麼人，告訴我，讓我去處理。」

他又說：「等我下了地獄再還他們的債。」

——他矢口否認紙片人有靈魂，卻相信一個紙片世界裡有地獄。

此時此刻，她倒寧願他不相信。

老嫗道：「……反正皇帝若是換了，咱家過不了現在這日子，你信不信？唉，這小夥子怎麼了？」

暗衛側身擋住庾晚音，硬著頭皮道：「許是有些擔心都城裡的親人。」

大娘念了句佛，起身又盛了碗湯給她。

吃完了麵，暗衛幫忙收拾碗筷。庾晚音不願讓人看出自己身分特殊，也跟著站起身來，腳下卻是一軟，撐著桌子才穩住身形。

那老嫗抬手摸她的額頭，「哎呀，燒這麼厲害，得找個郎中看看啊。」

庾晚音連忙攔住她，只說是趕路累倒了，想借宿一晚。

老嫗有些猶豫，那老漢卻不樂意了，「不是咱不厚道，可你們這麼多大小夥子，我家只有一張床，被褥更是不夠啊。」

暗衛又摸出點銅錢，「大爺，只要一床被子給病人打地鋪，我們剩下的可以打坐。」

老漢將老嫗拉到一邊，「誰知道他們從哪裡來的？妳忘了最近村裡好多人家被偷嗎？」

這一聲並未壓得很低，眾人都聽到了。

暗衛臉色變了變，瞥向庾晚音。

庾晚音蒼白著臉笑了一下，「既然如此，我們就不叨擾了，多謝二老的麵。」

她撐著一口氣朝門口走去。

就在這時，廚房的方向忽然傳出一聲幾不可聞的異響，似乎是窗扇被風吹得晃動了一下。

老夫妻一無所覺，暗衛卻神色一凜，無聲地比了個手勢。幾人之間無須言語，同時半途急轉，直奔廚房而去。

老漢道：「欸，你們想幹什麼——」

庾晚音詫異回頭，藏在袖中的手握住了槍。

廚房裡一陣騷亂，夾雜著幾聲陌生的痛呼。暗衛又出來了，幾人合力抓著一道不斷掙扎的矮小身影。

暗衛道：「這人方才翻窗爬進廚房裡，被我們抓了個現行。」

被抓的人身材矮小如猴，蓬頭垢面，一雙因為消瘦而凸出的眼睛惡狠狠地瞪著他們。

庾晚音被其目光掃過，像是被針扎了一下，渾身泛起一股莫名的不適。

他手中還緊緊抓著一個包袱，被暗衛奪來一打開，錢袋、玉佩、臘肉等物五花八門攤了一桌。

老嫗道：「啊，那是我家過年的肉！」又湊去細看，「這玉佩瞧著似是老王家的？」

那小偷猛然撒潑似的號叫起來，聲音嘶啞尖銳，卻被暗衛死死壓在地上動彈不得。

老漢：「……」

前腳剛說客人是賊，後腳就看客人捉賊。老漢漲紅了老臉，囁嚅著對幾人賠不是，被庾晚音溫聲勸住了。

老夫妻倒也淳樸，為表謝意，當即收拾出熱水被褥，給庾晚音留宿用。又請暗衛幫忙捆了小偷，丟進後院柴房，準備等天明再去報官。

庾晚音喝了碗姜湯，兩日以來終於第一次躺進被窩裡，幾乎是一沾枕頭就昏沉睡去。

沒睡多久，卻感覺到有人在拍自己。

屋裡已經熄了燈，老夫妻回房睡了，幾個暗衛在她的地鋪旁邊靠牆打坐。

拍她的正是暗衛，「請娘娘恕罪，方才屬下將那竊賊綁去柴房的時候，他掙扎的動靜太大，引來了一些村民。那老漢還歸還了鄰居的失物，眼下五六戶人家都知道我們在此。」

陌生來客身手不凡，一來就捉住了小偷——這種新聞天一亮就會傳遍村裡。

他們不住客棧，本就是為了隱匿行蹤。現在多了這一齣，暴露的可能性會成倍增長。

暗衛將聲音壓得更低：「娘娘，殺嗎？」

庾晚音燒得腦子發昏，思緒慢了半拍，愣愣地看著他。

暗衛道：「趁著天黑殺了這幾家人，還來得及嫁禍給竊賊，抹去我們來過的痕跡。」

庾晚音下意識道：「不行。」

過了幾秒她才理清思路，「我們現在就走，儘快去沛陽。」

她試圖支起身來，只覺全身關節都生了鏽般痠軟無力。

暗衛按住她，「娘娘歇息一陣吧。」

庾晚音也知道自己這個狀態，強行趕路也只會拖後腿，「兩個時辰，兩個時辰後叫醒我。」

但她沒能睡足兩個時辰。

深夜，馬蹄聲入夢，她在睡夢中陷入一場無休無止的殺戮。彷彿回到邶山腳下，眼睜睜地望著叛軍將夏侯澹淹沒。千刀萬劍加身，轉瞬間將他劈出森森白骨，他卻猶如感覺不到痛，目光越過人群朝她望來，沉寂而溫柔。

他遙遙做了一個口型：跑。

庾晚音一個激靈，強行將意識拽回現實。

馬蹄聲是從大地裡傳來的。幾息之後，全村的狗都高高低低地吠了起來。

身旁的暗衛扶起她，又抓起包袱，在昏暗中指了指房門。

村口的方向響起一道男聲，似乎運足了內力，在靜夜中傳得老遠：「哪家有形跡可疑者上門借宿，速速上報，賞銀十兩——」

隔了幾秒，又喊了一遍。

庾晚音在心中罵了一聲。

外面喊到第三遍，庾晚音已經將院門推開一線，忽聽附近幾家的大門「吱呀吱呀」連聲打開，數道細碎的腳步聲直奔村口而去，顯然都對那十兩賞銀志在必得。

她在心中罵了第二聲，轉身道：「從後院逃！」

形勢不容猶豫，幾人迅速奔向後院，繞過屋舍時，只見老夫妻臥房的窗已經透出了燈光。

暗衛腳步不停，當先飛身越過後院的柵欄，又回身來接庾晚音。

上百人的腳步聲逼近過來，熊熊火光已經照到了前門。

暗衛揹負起庾晚音，拔腿狂奔。

老夫妻家在村子邊緣，屋後不遠處就是一片樹林，黑暗中卻看不清這林子有多大、延伸向何方。

寒風劈面，庾晚音瞇起眼睛，正要指揮暗衛往林中躲，眼角餘光裡忽然閃過一道黑影。

她定睛望去，那身影也剛翻出後院，正朝另一個方向逃竄，背影矮小如猴，瞧著分外眼熟。

那小偷居然逃出了柴房。

小偷邊跑邊扯著身上的繩索，撞見他們也是一僵，隨即「刺溜」一聲就跑得沒影了。黑暗中只能看見他消失在鄰居家後頭的一條窄道。

庾晚音心念電轉：這小偷能在村裡行竊這麼久，說明之前從未被抓住……

老夫妻的屋子裡一陣喧鬧，傳出一聲斷喝：「分頭去搜！」

與此同時，庾晚音也下了決斷：「跟上那小偷！」

暗衛鑽入那窄道，恰好看到小偷的背影再度消失在前方。他們加速追了上去，在同一處轉角急轉。

小偷：？

小偷亡命奔逃。

暗衛窮追不捨。

小偷選的路線果然極其刁鑽，顯然對全村地形瞭若指掌，翻圍牆、爬狗洞，身形又滑溜如泥鰍，饒是暗衛目力過人，好幾次也險些被甩脫。

小偷半路一個急停，轉過身來氣急敗壞地瞪著他們，當場提起衣服一陣亂抖，示意身上已經沒有贓物，完全不明白為什麼要這樣大張旗鼓地追拿自己。

庾晚音道：「不是追你，別愣著，快帶路！」

小偷：？？？

身後大呼小叫聲再度逼近過來，小偷反射性地轉了個方向，又跑出一段，忽然反應過來，後頭那群追兵的目標根本不是自己。

敢情自己真的是個帶路的。

小偷險些氣瘋，背對著他們眼珠子一轉，再度轉向。

追兵這一番鬧騰，將全村人都吵了起來，家家戶戶亮起了燈火，不時有人推開門窗探看。

揹著庾晚音的暗衛突然低喝：「你在往哪跑？」

原來小偷帶著他們兜兜轉轉，竟是繞了個圈子，迎頭撞向了追兵！

見被識破，小偷猛地一矮身，就想開溜。

暗衛撲過去抓他。

身後火光閃爍，有人高呼：「看到影子了，這邊——」

暗衛道：「分頭。」

四名暗衛斷然散開，兩人護著庾晚音，剩下兩人另擇他路，故意往顯眼的方向奔去。

暗衛抓住小偷，「喀啦」一聲捏碎他的手腕，又將他的痛呼捂了回去，狠狠道：「敢耍花招，先死的一定是你，聽懂了沒？」

小偷渾身發抖，屈辱地點點頭。

跑開的那兩人引開了追兵，身後的人聲逐漸稀疏。

小偷越逃越偏，最後翻進一戶人家的院落。庾晚音猶豫了一下，還是示意跟進去。

這家沒有亮燈，後院一片荒蕪，野草橫生，不像是有人居住的樣子。那小偷迅速俯身爬進半人高的野草叢裡，竟然消失了身形。

暗衛放下庾晚音，跟過去看了看，轉頭低聲道：「地洞。」

三人不敢耽擱，全部爬了下去，又扯動野草遮住了入口。

這地洞極小，原本的用途未知，也有可能本就是小偷挖出來讓自己藏身用的。眼下多了三個大活人，頓時擁擠得轉身都困難。

那小偷早被暗衛拿匕首架住了脖子，抵在最角落裡，大氣也不敢出。

過了片刻，有人聲漸近。

一小隊追兵搜尋到此處，胡亂翻弄起後院。庾晚音將槍握在手中，屏住呼吸等著。

頭頂有人交談：「應當不在這一塊，他們都往樹林追去了。」

「那村婦不是說是幾個男人嗎？我看又要抓錯人了，這都第幾個村了？」

「沒準是喬裝呢。」

「嘻，臭娘兒們真會逃啊。上頭那位說只要抓住，死活都可以，要是落咱們手裡了，不如先讓兄弟們嚐嚐那皇……」餘下幾字隱去了沒說，只留下一陣竊笑。

凌亂的腳步聲落在他們幾寸之外，又漸漸遠去。

又過半晌，確認人都走遠了，庾晚音繃緊的身體才一點一點鬆弛下來，打起了細小的擺子。

她高燒未退又折騰這一遭，只覺眼冒金星，貼著洞壁慢慢滑坐下去。

她原本還抱著最後一絲僥倖，希望來的不是端王的人。然而聽完方才的對話，局勢算是澈底明瞭了。

都城裡如今是端王掌權。

夏侯澹呢？還有可能活著嗎？

暗衛解了外袍披到她身上。

庾晚音道：「多謝。」她抖著手裹緊外袍，「方才分開的那兩位兄弟——」

「應該會藉著林木遮掩，耗死一批追兵。」暗衛語聲平靜，「他們會在被俘之前自盡，不會留下線索的。」

出發時護送她的二十人，如今只剩兩人。

庾晚音沉默片刻，道：「是我的錯。」

她留下了那五戶村民，卻葬送了兩個暗衛的性命。

暗衛驚了一下，想找話勸慰她，庾晚音卻突然問：「你們叫什麼名字？」

從穿來那日開始，她一直在迴避這個問題。因為按照原作，這些年輕人都是要死的。

她不想知道他們的名字，彷彿只要他們保持面目模糊，她就可以少背負一份債。

暗衛道：「屬下是十二，他是四七。剛才走的是六五和……」

庾晚音道：「真名。」

「屬下沒有真名。陛……」暗衛顧及小偷在一旁，臨時改口，「主人說，我們領到編號的那天，他已將我們的真名刻在了墓碑上，從此前塵盡去，不得再提。」

庾晚音抱膝坐著，將臉埋入膝蓋間。

這茫茫世間，有一個人能洞見她的所有痛苦。

當她踽踽獨行，才發現每一步都踏在他的腳印上。那伸手不見五指的漫長前路，他已不知走出多遠，以至連背影都尋不到了。

地洞裡鴉雀無聲，只有那碎了腕骨的小偷粗重的呼吸聲。

庾晚音嗓子發緊，再次堅持道：「真名。」

暗衛頓了頓，似乎笑了一下，「屬下是十二。」

一旁的四七在低聲逼問那小偷逃出村莊的路線，半天問不出一句話。他匕首一劃，小偷吃痛，帶著哭腔「啊啊」地叫了起來。

四七道：「原來是個啞巴。」

庾晚音道：「搜他的身，他剛才能逃出柴房，身上應該還藏了工具。」

窸窣一陣，四七搜出一枚刀片，還有一個新情報：「……是個女啞巴。」

第二十二章　故人重逢

林玄英率軍一路殺向都城，頭一日還遇到些阻撓，被他們以摧枯拉朽之勢碾壓了過去。

從第二日開始，所遇反抗消極到可以忽略不計，有些州府甚至未戰而降，大開城門任由他們過路，只求早些把這些凶神送走。

很快他們就得知了原因。都城大亂，皇帝「忽染重疾」，如今是端王攝政。而端王宣稱妖后庾晚音弑君未遂，正在四處張榜抓捕她。

與此同時，新的密信飛到林玄英手中。

他匆匆掃完，順手撕了，「端王又來催了，還讓我們沿路盯著點，幫他抓人。」

手下皺起眉，「奇了怪了，端王若是已經大勝，何必如此著急？」

莫非，他還遇到什麼未知的難題？

林玄英催馬前行，瞇了瞇眼，「你們是盼著他贏，還是輸？」

那年輕的手下一愣，忙道：「屬下只效忠於副將軍一人，副將軍要殺誰，我等便殺誰。」

林玄英搖著頭笑了一聲，又問：「都練好了？」

手下嚥了口唾沫，「練好了。」

林玄英一夾馬腹，「那就趕路吧。」

天邊泛起魚肚白時，村裡已經沒了追兵的動靜。

十二爬出去查探了一番，回來彙報道：「人都走了，但還有幾個村民不死心，在四處徘徊，大概想抓我們去換懸賞吧。」

庾晚音清了清嗓子：「喂，這位……姑娘。」

借著微弱的天光，她能看到啞女小偷睜眼朝自己望了過來。

庾晚音道：「沛陽離此地不遠，妳去過嗎？」

她見此人居無定所，應當是到處流浪行竊為生，心下打起了主意。

啞女半天沒動靜，直到四七又舉起匕首，才戒備地點了點頭。

庾晚音儘量讓聲音顯得和善，「我們要趕去那裡，需得走小路避人耳目。妳若能帶路，自有豐厚報酬，讓妳從此不必再偷。怎麼樣？」

啞女還是沒反應。

四七道：「還是妳想死在這裡？」

庾晚音連忙唱紅臉，「放下匕首，好好說話。」

兩人一個威逼一個利誘，說了半天話，忽聽「咕嚕」一聲，有人的肚子響了。

啞女：「……」

她緩緩伸出手，做了個討飯的動作。

庾晚音慈祥一笑，「咱們還有乾糧嗎？拿給她吃。」

片刻後，啞女帶著他們無聲無息地溜出村莊，朝南行去。

啞女選的路線已經儘量避開了人煙，但仍有一座小鎮擋在半路。庾晚音擔心遇見昨夜的追兵，臨時幫自己和兩個暗衛都變了裝。她這次扮作一個老婦。

結果鎮裡的陣仗比她想像中更驚人。

街道上貼滿了一張張通緝令，她的畫像迎風飛舞，上頭還寫著「狐妖轉世」「禍國殃民」等大字。還有幾隊兵馬輪番巡視，為首的高呼著：「見到形跡可疑的男子或女子，都來上報，重重有賞！」

啞女領著他們七彎八拐避過巡查，遠遠地聽了幾遍這高呼聲，忽然回頭，若有所思地瞥了庾晚音一眼。

跟在後頭的十二低聲道：「娘娘小心此女。」

「嗯，她可能會出賣我們換賞金。」

庾晚音連續走了三天路，雙腳已經磨出水泡。身體一陣陣發冷，她自知到了強弩之末，咬牙沒有聲張，但步履仍是不可避免地越來越慢。

她眼望著前方，「盯緊一點，必要時殺了她。」

結果，或許是感覺到身後的殺氣，自認無法逃脫，那啞女變得異常老實，悶頭乖乖帶路。

即將離開鎮子時，她突然從幾人的眼皮子底下消失了。暗衛大驚，正要追尋，啞女竟然去而復返，卻是坐在一架驢車上。

庾晚音問：「……妳偷的？給我用的？」

啞女翻了個白眼，打手勢催促他們趕緊上車，趕緊跑路。

有暗衛盯著啞女，庾晚音終於在車廂裡躺了下來，得以緩過一口氣。

身體疲乏到了極點，神經卻緊繃著，大腦仍在拚命運轉。

端王這抓人的誇張架勢，仔細一想倒有些可疑。

按理說，自己一介女流，又無兵馬，又沒有真的身懷龍種，短期內根本翻不了天。端王剛上位，理應把全副精力用於穩定都城的形勢，為何反倒將這麼多人馬往外派，來搜捕一個微不足道的她？

除非……

那一絲行將消失的微末希望，又重新升起。

如果他在搜捕的不僅僅是自己呢？

鎮中追兵喊的是「形跡可疑的男子或女子」，為何非要強調男子？是怕自己喬裝打扮，還是——他們原本的目標就有男有女？

夏侯澹逃出來了嗎？

這與其說是她的推測，不如說是她的祈禱。

如果還能再次站到他面前……自己第一句話會說什麼呢？

想著這個問題，苦澀的平靜如夜雪般緩緩飄落，將她覆蓋。在這亡命路上，她奇跡般地沉睡了片刻。

到了驢車無法通過的野地，一行人再度下車步行。

庾晚音真心誠意地對啞女道了謝，又讓暗衛處理她手腕的傷。為表誠意，還提前掏了把碎銀遞給啞女，當作預付款。

啞女捧著錢，露出了相識以來的第一個笑。

她投桃報李，入夜又摸去沿路的農戶家，偷了輛牛車。

庾晚音：「……」

如此幾番更換交通工具，終於在翌日傍晚有驚無險地趕到了沛陽城外。

不出所料，城門口也有守軍拿著通緝令，細細盤查進城的百姓。而且這一批守軍氣勢森然，一個個站得筆直，冷面帶煞，宛如閻羅再世。

十二眼皮一跳，「那些人穿的是邊軍的甲衣。」

這沛陽城豈止是淪陷，儼然已經被邊軍全面接管了！

可是這邊軍占著沛陽城，為何還要開放城門，供百姓出入？難道指望用這種方式抓到通緝令上的皇后？

他正想著，就見庾晚音排入了進城的隊伍。

十二：「……」

他低聲提醒道：「娘娘，要是進了城，被人甕中捉鼈，咱們就真的無路可逃了。」

庾晚音道：「放心吧。」

她從袖中取出一樣東西。這便是夏侯澹信封中的那個小東西，被她藏了一路，此時才往頭上插去。

十二問：「這是……」

「信物。」

庾晚音舉步向前走去，囑咐了一句：「等下別動手。」

城門口的兵士將庾晚音從頭打量到尾，揮揮手放行了。

庾晚音佝僂著身形，由十二攙著，剛走出幾步，就聽身後那兵士又道：「站住。」

十二和四七下意識便要出手，庾晚音卻沉聲道：「都別動。」

她緩緩轉身，與那人對視。對方面帶探究，庾晚音則巋然不動。

對方頓了頓，道：「請隨我來。」

餘人被留在原地，那兵士單獨帶走庾晚音，一路將她帶到了知縣府邸。

原本的知縣不知躲去了何處，這富麗堂皇的府邸已經被鳩占鵲巢，由邊軍層層護衛起來。

書房內燈火通明。

林玄英歪坐在太師椅上讀著軍報，忽聽門外一聲通報：「副將軍，人找到了。」

他抬眼掃了庾晚音一眼，漫不經心道：「人帶進來，你們退下。」

房門關上。

林玄英丟開軍報，起身走到庾晚音面前，定定地望著她做過偽裝的臉。

庾晚音笑了笑，抬手取下頭上搖晃的東西，遞給他看。

——一枚銀簪，雕成飛鳥振翅的樣子，末端垂落下來的卻不是穗子，而是兩根長長的雲雀羽毛。

林玄英的眼眶瞬間紅了。

庾晚音道：「……阿白，別來無恙？」

眼前這個人與她記憶中的「阿白」有微妙的不同，雖然臉還是那張臉，卻像是忽然卸去了少年的偽裝，露出了青年的樣貌。

他的眼瞳依舊如故，越是在暗處越是亮得驚人，像淬過火的琉璃。只是配上這一身裝扮，那雙清冽的眼睛就無端帶上幾分凌厲。

庾晚音一時拿不準該用什麼語氣與對方說話。

夏侯澹在信中告訴她沛陽有援軍，但或許是擔心信件被截獲，並未直言阿白的身分。她拿到髮簪時就猜測阿白應該是混在軍中，但沒想到這傢伙搖身一變，竟成了帶隊的老大。

說好的江湖少俠呢？初見時那一身肆意妄為、無法無天的氣質，難道還能偽裝出來不成？

夏侯澹完全清楚他的底細嗎？自己能完全信任他嗎？就算他是友非敵，這滿滿一城將士呢？

她剛想到此處，林玄英就一把握住她的肩，「活著就好、活著就好……」

庾晚音穿越以來還從未如此狼狽過，身上都漚出味了。林玄英卻像是渾然不覺，那熟稔的語氣又與阿白一般無二了。

庾晚音愣愣地瞧著他，一瞬間回想起冷宮後院裡的流螢和西瓜。無數疑問同時湧向喉頭，一時竟哽住了。

林玄英卻根本不給她機會，按了按她的脈，眉頭緊鎖，「妳病了？」

「不礙事。」

「不行，這樣要落下病根的。」林玄英不由分說轉身喚人。

軍中沒有侍女，來了幾個兵士，被林玄英打發去燒水煮藥。片刻後他們將庾晚音帶到一間備了浴桶的客房，略行一禮便低頭離開了，全程未曾朝她打量一眼。

這分明是一支紀律森嚴的隊伍。

話又說回來，不管來者是誰，此時若想要她的命，根本無須費這麼大周章。

庾晚音顧不得其他，轉身鎖上房門，默默泡了個藥浴，洗去一身的泥垢與血污。

浴桶邊放著一套乾淨的男裝。她換上衣服，正要四下勘察一番環境，就響起了敲門聲。

林玄英隻身站在門外，手中端著一碗藥，「快去被窩裡坐好。」

他自己坐到床沿，舀起一芍藥汁吹了吹，「自己喝還是我餵妳？」

庾晚音想了想，接過去仰頭一口悶了，「多謝林將軍。」

林玄英一頓，苦笑了一下，「我想著不搞清楚情況，妳一定不肯睡。來吧，妳問，我答。」

庾晚音：「……」

既然他開門見山，庾晚音也就單刀直入了，「你是林將軍，還是阿白？」

方才泡澡的時候，她心中忽然想到一個新的可能性：真正的林玄英已經被處理了，眼下是阿白在假扮他。這就可以解釋他突兀轉換的身分。

卻聽對方道：「我是林玄英。」

見庾晚音滿臉不解，他咧嘴笑出一口白牙，「玄英即墨黑，阿白是師父幫我取的諢名。妳看我的膚色，妳覺得我爹娘跟我師父誰更缺德？」

庾晚音更迷惑了，「這麼說來，你確實是江湖出身？但你剛出師，怎麼就當上了副將軍？」

林玄英咳了一聲，眼神飄忽了一下，「這個嘛……」

就在這兩秒間，庾晚音自己想明白了，「哦，因為你並不是剛出師。」

這一刻，庾晚音回憶起很多事。

阿白第一次出現在她面前，正是尤將軍回朝述職時。

阿白對燕國與羌國瞭若指掌。

阿白當時就對她說過：「我知道好多東西呢，我還殺過……」卻被夏侯澹打斷了。

阿白曾經提議將汪昭塞進右軍，由自己護送他出使燕國。但夏侯澹拒絕了，只讓他留在崗位上。儘管如此，最後汪昭仍是取道西南離開的。

阿白陪他們演完一場戲，又在尤將軍離開都城的同時匆匆消失，只說陛下布置了別的任務——當時她還疑惑過夏侯澹為何如此信任他。

她有種恍然大悟之感，「我們的初見，其實不是你與陛下的初見吧？你們認識多久了？」

林玄英撓撓頭，「這就涉及一些不能說的隱情了。」

「如果你指的是陛下的過往的話，他留了一封信，都告訴我了。」

林玄英詫異地睜大眼，「他居然告訴妳了？他一直千方百計瞞著妳，就怕嚇跑妳。」

提到夏侯澹，兩個人神情都有些沉重。

林玄英瞇著眼睛回想了一下，「五年前——現在是六年前了吧，家師無名客起了一個天卦，算出有異世之子到來，將改變國運。他本想親自出山輔佐，但那一卦窺破天機，使他元氣大傷，不得不閉關休養。於是他派我出師，找到了陛下。」

「陛下當時說，他在宮中已經培養了一批忠於自己的暗衛，我護在他左右的意義不大。但他急需掌握兵力，否則手中沒有底牌，無論如何周旋都弄不倒朝中的敵人。」

林玄英就此混入了右軍。

之所以在三軍中選擇右軍，一是因為右軍與端王關係最遠，二是因為領頭的尤將軍最為草包，根本無力管控軍隊。如此一來，他們的小動作也不容易引起端王的警覺。

想要真正掌控數萬兵馬，僅靠一枚兵符是做不到的，武力值與威望缺一不可。

這事急不來，只能花費數年徐徐圖之。

好在林玄英原本就身手高強，經過一場又一場大大小小的戰役，逐漸嶄露頭角，憑實力收服了人心。他與夏侯澹一明一暗，用盡手段，在各方勢力的眼皮子底下架空了尤將軍，成了右軍實際上的領導者。

「到去年，我們準備得差不多了，打算將整個右軍肅清一遍，然後就開戰。雖然依舊沒有必勝的把握，但出其不意，攻其不備，就算死了，至少也能一波帶走太后和端王——這是陛下的原話。但就在那時，」林玄英笑了笑，「妳出現了。」

林玄英第一次聽說庾晚音，還是出師之前。無名客算出夏侯澹的同時，也算出還會有另一個異世之人即將到來，只是不知在何時何地。這兩人之間有許多因果纏繞，至於是良緣還是孽緣，卻似霧裡看花，無從勘破。

後來他問過夏侯澹此事。夏侯澹彷彿突然想起似的，輕描淡寫道：「說起來是有這麼個人。」

林玄英道：「……這麼大的事，你怎麼一副差點忘了的樣子？」

那少年君主低著頭，似乎是嘀咕了一句：「怕是不會來了吧。」

之後的幾年間，他們再也沒有提起這一事。

就在林玄英自己都快要忘記時，夏侯澹的密信裡忽然多了一個名字。

雖然同為異世之魂，這個神祕的庾妃卻與夏侯澹截然不同。

他們原本的計畫一言以蔽之，就是玉石俱焚。而她卻一上來就要布很大的局、繞很多的彎，只為精打細算，犧牲最少的人。販夫走卒、布衣黔首的每一條性命，對她來說都金貴得很。

林玄英很是抵觸。

這種不食人間煙火的善男信女，他可見多了。沙場上一將功成萬骨枯，若都像這般婆婆媽媽，早就死八百回了。而且局勢瞬息萬變，如此拖下去，恐怕連最後的勝算都會成為泡影。

但夏侯澹對她的天真夢想照單全收，廢掉了己方已有的計畫，命林玄英退而蟄伏。

有那麼幾天，林玄英在認真考慮撂挑子。

後來林玄英回了一趟都城，終於見到庾晚音本尊。

他理解了她，卻也看輕了她。

她當時喬裝成布衣，卸去了妖妃妝容，站在常年黑霧繚繞的夏侯澹旁邊，那麼輕盈，那麼美。像一隻小小的雲雀，身陷在狂風暴雨裡。

她明顯不屬於那座深宮，而應該泛舟天地之間，當一個了無牽掛的江湖兒女。

林玄英去勸說夏侯澹放她自由時，想過對方或許會暴怒，會拒絕。結果夏侯澹的回答超出他的認知。

「她有她的抱負。」

再後來的發展更是顛覆了他的想像。

庾晚音那個發夢似的計畫一步步地成功了。

都城裡神仙打架，幾輪翻覆；都城之外四海波靜，天下太平。在邊陲之地的傳說中，皇帝是突然得了天道眷顧，不費吹灰之力化解了戰事與災禍。

誰又能猜到這天道姓庾？

庾晚音聽到此處，心底一個巨大的疑團終於解開了。

庾晚音道：「跟圖爾和談前夕，陛下還說會借兵給他除去燕王。我一直沒明白他哪來的兵出借！他說是阿白，我還傻不愣登地問他，阿白單槍匹馬怎麼能行。」

林玄英忍不住笑了，「那確實不行。我借了一批精銳兵馬給圖爾，為免引起注意，數量其實不多。好在圖爾爭氣，一回燕國就接應上自己的人。」

他百感交集地看著她，語聲中有幾分不為人知的傷懷，「我錯看了妳，陛下卻沒有。妳剛來時他就說過，妳當然是這樣的人，因為在你們的來處，每條命都是命。」

庾晚音許久沒出聲。

她剛讀完那封信時也曾想過，夏侯澹在那漫長而不見天日的歲月裡，多半是已經放棄了吧。所以自己穿來時，才會見到這樣一個百孔千瘡的世界，以及一個與暴君無限接近的他。

原來不是的。

如果他沒有慘澹經營出林玄英這張強大的底牌，自己即便手握劇本，也只能處處受制、舉步維艱，最初的設想都會成為鏡花水月。

她幾乎無法想像，一個開局就身中劇毒的國中生是如何撐下來的。恐怕他自己並不想弄清楚，活下來的這個玩意究竟是人是鬼。恐怕在她到來之後，每一次關於過往、關於身分、關於紙片人的對話，都是萬箭穿心。

儘管如此，他幾乎是剛打一個照面，就將一切押給了她。

庾晚音一開口才發現自己的聲音有些顫抖，「有他的消息嗎？」

林玄英搖搖頭，「我們約定過，如果他活著出來，就在沛陽會合。我一路趕來接管了此地，就是為了等你們，結果只等到了妳。端王那廝倒是宣稱皇帝忽染重疾，在宮內養病，但真假未知。都城裡現在沒有任何消息，我的探子還在找門路。」

他站起身，拍了拍庾晚音，「睡吧，我去安置妳帶來的那三個人。明日一早，給妳看個好東西。」

庾晚音不解道：「……啊？」

林玄英已經關門走了。

也不知林玄英是不是故意留了個懸念，吊得庾晚音輾轉反側，卻也使她的情緒不至於跌入深淵，最終迷迷糊糊睡去時，心裡還對他口中的「好東西」留了一線希望。

天亮之前她又自動驚醒過來，一瞬間以為還在逃亡途中，猛地翻身坐起，對著客房華麗的掛畫發呆。

門外有兩個護衛在值崗，待她自己更衣梳洗後，才敲門送入了早膳。

庾晚音食不知味，「可否向林將軍通報一聲？」

「我來了。」林玄英一屁股坐到她對面。

庾晚音道：「你要給我看的是……」

林玄英樂在其中地搖搖頭，「不著急，把粥喝完再走。妳現在可不能病倒……」

庾晚音端起粥碗，一口悶了。

林玄英：「……」

林玄英帶著她走到知縣府的書房，停步轉身，先將她請進門。

庾晚音一腳邁入，數道探究的目光登時從半空中投射下來。

裡面已經站著四五名魁梧將士，一個個身長八尺，看著就是能一拳打穿城牆的苗子。

庾晚音：「……」

林玄英跟在她身後，反手關上門，忽然神情一肅，單膝跪地行禮道：「臣護駕來遲，請皇后娘娘恕罪！」

巨人們反應了半秒，忙跟著跪了一地，齊聲複讀：「請娘娘恕罪！」

庾晚音：「……」

她知道林玄英此舉意在替自己確立地位，所以一臉淡然地受了這一跪，才不疾不徐道：「諸位快快請起，千里救駕，何罪之有？」

林玄英這才起身，仍是一本正經，「啟稟娘娘，屬下出兵前耽擱了一些時日，乃是因為奉陛下之命，祕密趕製了一批武器。」

庾晚音心頭突地一跳。

林玄英揮揮手，指揮著兩個將士抬來一口沉重的木箱，示意她查看。

是槍。

滿滿一箱的槍。

庾晚音在心中飛快評估著殺傷力，「這一批……那什麼……」

「九天玄火連發袖中弩。」林玄英喜慶地提醒。

「九天玄火連發袖中弩，總共有多少支？」

抬箱的巨人道：「稟娘娘，共計千支，此外還有彈藥數十箱。」

庾晚音傻了。

林玄英在旁道：「圖紙是陛下送來的，為防被人半路截取，拆成了無數機關部件，分了十餘次才全部送到。我們又找最好的工匠，幾經失敗才造出第一支。這袖中弩得來萬分不易，但戰力空前絕後，即使與其他兩軍數萬兵馬正面相抗，也必然摧枯拉朽，不俟血刃。」

後一句解說對庾晚音來說毫無必要。身為現代人，她怎會不知道熱兵器在這個世界的殺傷力？更何況，敵方對此還一無所知，無論從裝備上還是戰術上都毫無防備——幾乎等同於幾萬個站著任掃的靶子。

林玄英指了指桌上的沙盤，慷慨激昂道：「大軍今日開拔，可在都城外五百里的高地截下左、中兩軍。娘娘，臣奉陛下之命啞忍數載，枕戈飲膽，只待今日必勝之機。端王謀逆作亂，兩軍為虎作倀，只消娘娘一聲令下，我等當為天下誅之！」

「當為天下誅之！」巨人複讀。

庾晚音吸了口氣，平復一下劇烈的心跳。

前一天她還在狼狽奔命，即使遇到林玄英，也只當是暫緩一口氣，還要進行一番艱苦卓絕的鬥爭。誰又能想到一夜過去，他們距離勝利就只有一步之遙了？

然而……

「林將軍，借一步說話。」

她將林玄英拉到書房一角的書櫃後面，「陛下如今還下落不明，如果貿然開戰，他卻真的落在端王手裡，我們又當如何？」

林玄英沉默一下，似乎早料到她有此一問，從袖中抽出一卷文書遞給她，「這是我出發之前，他寄來的最後一道密旨。」

庾晚音飛快地掃了一遍，隨即像被刺痛雙目般閉了閉眼。

這與其說是密旨，不如說是一封遺詔。

寫得非常簡短，一共只有兩段。第一段命太子克承大統，封庾晚音為太后，又點了幾個信任的臣子佐理政務。

第二段更是只有一句話：「逆賊夏侯泊，直誅勿慮，當以天下為先，勿論朕之生死。」

翻譯過來就是：殺他就行，不用管我死活。

林玄英道：「他自知命不久矣，不想在最後成為妳的累贅，也不想在敵營受辱。但他也知道我們不可能真的棄他於不顧，所以早就說了，如果不幸被端王抓住，他會找機會同歸於盡；如果連同歸於盡都做不到，他會……自我了斷。」

庾晚音難以置信地瞪著他，一時間血液上湧，像一隻應激炸毛的動物，「所以，你就順理成章地放棄他了？」

「當然不是！我還在派人四處找他！」

「那先找到他再動兵啊！」

林玄英沉默了一下，「妳也知道時間來不及的。叛軍都在夜以繼日朝都城趕，看端王這架勢是打算直接登基。他還在四處搜捕妳，很快就會查到妳在我這裡。一旦提前暴露，我們就無法攻其不備了。」

「……」

林玄英道：「陛下留下這道密旨，就是逼我們顧全大局，抓緊行動。」他語氣冷靜，「其實，為了在都城之外截停叛軍，我們的先鋒軍剛才已經開拔出城了。」

庾晚音胸膛起伏，仍舊緊盯著林玄英。

她從未真正瞭解過他。昨日之前，她連他的真名都不知道。此人如今手握重兵，還有大規模殺傷性武器，甚至還有一道聖旨作保。只要他想，世上一切權力唾手可得。

——只要他想。

林玄英從眼神裡猜出她心中轉的念頭，面色沉了下去，「不管妳信不信，我對這一切根本不感興趣。我之所以在此，是因為師父命我輔佐陛下，而陛下命我聽令於妳。」

他一字一句道：「妳還不明白嗎？是他要為妳掃除一切障礙，要保妳榮登高位，百歲無憂。他自己沒做到的事，他相信妳都能做到。至於一切平定之後，是踹開太子文治武功，還是拂衣而去遊戲人間，都隨妳高興。」

庾晚音問：「最後一句是他說的還是妳加的？」

林玄英：「……」

林玄英道：「是我加的。」

知縣府裡一片死寂。

無人出聲時，隱隱的震動從腳下傳來。城中的大部隊出動了。

庾晚音與林玄英對峙的當口，一旁的將士等不住了，走來低聲問：「將軍，是否先將這些袖中弩分發給大軍，下令備戰？」

林玄英站在書櫃陰影中，沒有答話，挑眉看著庾晚音。

於是書房內所有人看向庾晚音。

無形的潮水席捲而來，將她推向高處。她張了張口，數萬人的生死掛在她唇齒之間。

這一次不是演習，也沒有失敗的機會。

她站在政權的終點與起點，在大風起處俯瞰洪流。境隨心轉，因緣生滅，日升月降，江山翻覆，全憑她一念。

而她的身前已無一人擋著。

此即至高，無上。

她無法自控地一陣戰慄，忽然感到前所未有的敬畏，也感到前所未有的孤獨。

庾晚音在這一刻忽然領會了「孤家寡人」的意思。或許每一個走到最高處的人，都曾路過這個轉捩點。或背離，或捨棄，放開一雙緊握的手，投身於一片浩瀚的虛無。

可為什麼是自己？為什麼偏偏是她這麼一個又懶又弱、平生樂趣只是擠在捷運上看點小說的社畜，掉進了這個世界，站到了這個位置？

面前這道題，本該由聖賢垂問，由千古豪雄作答。現在老天爺卻硬是把答題板塞到她手中。

既然非要問她……

庾晚音突兀地笑了笑。

那她的答案是：她全都要。

「林將軍，」庾晚音道：「陛下命你聽令於本宮，對嗎？」

林玄英和巨人們都是一頓。

庾晚音既然當眾逼他表示效忠，就意味著她即將給出的命令，他們多半不愛聽。

林玄英低頭與她對視著。與初遇時那個養尊處優的寵妃相比，此刻的她蒼白消瘦，眼下有淡淡的紺青色暈影。

匪夷所思的是，這卻反襯得她的五官更明豔了。上揚的眉峰，猩紅的眼角，唇邊似有若無的弧度，既嫵媚，又威嚴。

彷彿過了許久，他跪地道：「願為娘娘效犬馬之勞。」

第二十三章　黎明前的至暗寒夜

皇宮大殿。

滿朝文武噤若寒蟬，只有膽子大的才敢驚異地抬眼瞟一下。

夏侯泊的輪椅停在空蕩蕩的龍椅旁邊。他歪坐其上，垂眼看著眾人，「陛下被妖后所害，沉屙難起，只得命本王代理朝政。諸位可有事要奏？」

他現在的樣子實在可怖，半顆腦袋纏著紗布——北舟那一槍不僅崩掉了他的一邊耳朵，也毀了周圍的皮膚，破相是肯定的了。

更嚴重的是那兩條綁成了粽子的腿。那天在邶山腳下許多人都瞧見了，他的雙腿被落下的巨石砸了個結結實實，拖出來的時候形狀都變了，不知骨頭碎成了多少節。

為了保住這兩條腿，太醫院的老頭子已經換了三撥，目前看來希望仍是渺茫。而且，粗通醫理的臣子心中都在犯嘀咕：這麼嚴重的傷，是有可能引發膿毒血症而身亡的。

即便如此，他頂著慘白的臉色和盈額的冷汗，居然還要堅持上朝。

這男人的權欲簡直大到了瘋狂的程度。

也可能他本就是個隱藏的瘋子，比夏侯澹還瘋。

但即使是心中清楚他謀權篡位的臣子，也只敢低著腦袋不吭聲——大殿之外，他那支叛軍還在四處巡邏，鎮壓一切膽敢反抗的力量。更何況在都城之外，還有三支大軍正在趕來。

這個人執掌大權是遲早的事，何必平白搭上自己一條命呢？

夏侯泊又催問了一遍，幾個老臣戰戰兢兢地上前，報了些無關痛癢的地方小事。

未等他開口，忽然有人朗聲道：「臣有本要奏。」

李雲錫昂首闊步走出佇列。

當日邶山腳下，邊軍剛剛撐起巨石，將雙腿被砸爛的端王拖走，大地突然震盪。

地動山搖，土石迸裂，即使是最訓練有素的將士也摔得東倒西歪，全場幾乎無人站立。

在那一片混亂中，山上的李雲錫等人卻奇跡般保住了性命。追殺他們的兵士被震了下去，他們幾個卻牢牢抓著樹根躲過一劫。

待他們連滾帶爬地逃下山，夏侯澹和夏侯泊都已經不見了。只能看到數駕馬車在叛軍護送下，朝著皇宮的方向匆匆遠去。

也正因此，眾臣心中始終有個疑問。

而李雲錫將它問了出來：「敢問端王殿下，臣等何時可以面聖？」

殿上的夏侯泊垂眸望向李雲錫，眼中一片陰冷。

然而李雲錫當初不怕夏侯澹，此時更不會怕他，甚至宛如站到了舞臺中央，一臉英勇無畏地回望過去。

對視幾秒，夏侯泊似乎是想露出一個微笑，結果牽動了半邊臉的肌肉，笑得分外猙獰，「本王剛剛說了，陛下重病，需要靜養。而且妖后還流竄在外，誰也不知道她會使什麼妖法禍亂朝綱，宮中近日還是防備周全些為好。因此，本王不敢讓可疑人等面聖。」

他將「可疑」二字咬得很重，目光陰惻惻地掃過幾名大臣。

當日邶山兵變，文武百官慌亂之中，都下意識朝各自選擇的陣營逃去。也正因此，不少隱藏的擁皇黨都暴露在端王眼中。

此時這些人被他一一掃過，頓時一陣戰慄，將頭埋得更低，心中叫苦不迭。

誰叫他們押錯了寶呢？

夏侯泊收回目光，慢悠悠道：「本王倒是有些好奇，李大人究竟有何要事，非要在此時打擾陛下？」

話都說到這份上了，顯然李雲錫若是再拗下去，一個「妖后黨羽」的罪名便要扣下來了。

李雲錫仰頭直面著端王，「臣以為——」

「臣以為當日邶山之變甚為蹊蹺，尚有許多疑點未明，需稟告陛下。」

楊鐸捷緩緩走到李雲錫身側與之並列，「單憑區區一個刺客的一面之詞，便要給一國之后定罪嗎？」

「說得對呀，」爾嵐緊隨其後，「庾少卿貴為國丈，未經審理就關押入獄，不知循的是何律法？」

「放肆！」端王黨叫囂開了，「殿下，這幾人無事生非，居心叵測，應當拿下澈查！」

夏侯泊瞇了瞇眼，對著侍衛抬起手。

「金大人此言差矣！」

一個年輕官員突然大步走了出來，「李大人求見陛下，乃是因為此等機要之事，確需陛下親自定奪。卻不知金大人口中的無事生非是何意？」

這人正是邶山下暴露的擁皇黨之一。

他這一牽頭，餘下的擁皇黨面面相覷，都有些蠢蠢欲動。

方才他們瞧見端王眼中的凶光時就多少領悟了，現在想明哲保身已經晚了。就算當一時縮頭烏龜，以端王縝密多疑的性子，自己此生斷無出頭之日。

與其坐以待斃，不如放手一搏。

到這關頭，眾人難免被激起了一絲血性。一個篡位的如此囂張，還有沒有天理了！

一個接著一個，二十餘人站了出來，與端王黨針鋒相對。還有一些雖未開口，卻也抬起了腦袋，直視著端王。

無數目光同時射向他，一時竟氣勢迫人。

夏侯泊心中恨意滔天。

他可以殺一個，也可以殺兩個，但在都城裡的反抗勢力尚未完全清繳時，他承受不起殺死數十名重臣的後果。

必須咬牙忍幾天，等三軍到了，就再無後顧之憂。

他深吸一口氣，溫聲道：「今日晚些時候，待陛下龍體恢復些許，自然會召見諸位。下朝。」

話音剛落，便抬手示意宮人將自己推走，背影很有些落荒而逃的意味。

李雲錫等人自然不會被這句模稜兩可的說辭搪塞過去。

下朝之後，他們帶著一群年輕官員，直接到夏侯澹的寢宮門前跪成一片。

侍衛上前想要驅趕，他卻一臉浩然之氣，「我等只是跪在此地為陛下祈福，等待他召見。」

這些都是手無縛雞之力的文臣，打的又是為皇帝祈福的名號。侍衛不敢擅自動粗，只好去請示端王。

也不知夏侯泊吩咐了什麼，沒人再來驅趕，任由他們在寒風中自行跪著。

到了下午，文臣們東倒西歪，就連身體最強健的李雲錫都凍得打起了擺子。身旁的爾嵐面色鐵青，已是搖搖欲墜。

李雲錫勉強抬頭瞧了瞧依舊緊閉的寢宮大門，開始思索是強闖一次試試看，還是先打道回府，明日早朝再以死相逼。

就在此時，寢宮的門突然打開，一名宮女飛奔出來，順著迴廊跑遠了。

李雲錫瞇眼看著，心中湧起不妙的預感。

不一會兒，宮女帶著蹣跚的老太醫匆匆趕回。侍衛隨即關緊大門，擋去了他們窺探的目光。

又過片刻，夏侯泊親自來了，他面色冷肅，由人推著進了門。

李雲錫等人已經站起身來，追過去叫了一聲，他充耳不聞。

李雲錫轉向侍衛道：「讓我們進去。」

侍衛道：「屬下有令在身，不得放行。」

楊鐸捷哆哆嗦嗦拉開李雲錫，上前與侍衛交涉。還沒說兩句話，門內傳出一聲尖銳的悲號。

李雲錫等人越過一群哭哭啼啼的宮女，趁亂擠進裡間摸到榻前。

太醫跪著，端王坐著。床榻上躺著的人面色青白，死不瞑目。

李雲錫猶不死心，將他的臉仔細打量了三回，腦中「轟」的一聲，只知道自己跪了下來，心中卻一片茫然。

怎麼可能真是夏侯澹呢？

夏侯澹怎麼就……這麼無聲無息、孤苦伶仃地死了呢？

這不該是他，也不該是他的死法。

端王歪坐在輪椅上，吃力地傾身握住夏侯澹的手，滿臉寫著悲痛萬分，「陛下放心，臣定會好好撫養小太子。」

李雲錫口中泛起一股血腥味，是後槽牙咬出了血。他猛然抬頭，惡狠狠地瞪向端王。

夏侯泊猶如未覺，抬起袖子優雅地拭了拭眼眶，未毀的那半張臉仍是一派溫文爾雅，「如今多事之秋，更不可一日無君，儘快準備太子的登基大典吧。來人——」

「是！」窗外有人齊聲相應，氣勢驚人。

夏侯泊的目光掠過李雲錫，又輕飄飄地投遠了，「送各位大人回府暫歇，準備守喪。」

噹——噹——

低沉的喪鐘聲飄出了都城，在鉛灰的天幕下迴盪不絕。

林玄英是在馬背上接到這個消息的。天子駕崩的消息不可能壓得住，整個隊伍裡一片譁然。

他愣怔了數息，倏然回過神，飛快地轉頭去看身後——庾晚音正扮作他的貼身侍衛，跟在他身後行軍。

她被盔甲遮住了大半張臉，看不出表情。

林玄英收了收韁繩，放緩速度與她並駕而行，卻頭一次躊躇著不知怎麼開口。最後他只是乾巴巴地低聲問：「妳覺得如何？」

庾晚音道：「是好消息。」

林玄英：？

他有些膽戰心驚地看向庾晚音。

庾晚音的聲音毫無波瀾，「如果屍體是真的，端王手上已經沒有牽制我們的籌碼了。如果屍體是假的，說明他並未找到陛下，那他的手裡也沒有籌碼。無論哪種情況，我們都可以繼續推進計畫了。」

林玄英努力理清思緒，「有沒有可能，屍體是假的，但陛下還在端王手中，扣著當作底牌？」

「不可能。」庾晚音冷靜搖頭，「如今天下皆知陛下已崩，消息還是他放出的，到時候他再變出一個陛下，誰又會認？」

林玄英大駭，「妳不會認嗎？」

「我會。但端王不信我會。他自己天生冷情冷性，便堅信世人皆如此，他不會拿人性冒險的。這一點，我在制定計畫時就想明白了。」

庾晚音的計畫，說來其實簡單粗暴：端王急於見到三方援軍，遲早是要與三軍首領密會的。林玄英只需隱忍到那時，再當場拔槍殺了所有人，首領集體暴斃，餘下的自然會樹倒猢猻散。

如果其餘兩軍到那時還賊心不死，再由右軍屠了他們也不遲。

林玄英原本想在端王起疑之前就大動干戈，無非是習慣了冷兵器時代的思考模式，沒有考慮過壓倒性的殺傷力，讓他們在戰術上有無限的自由。

端王起疑又如何？設下再多防備又如何？除非他研發出防彈衣，否則一切都是徒勞。

按照這個計畫，如果能擒賊先擒王，便可將傷亡降到最低。同時將行動延後，也就有了更多時間搜尋夏侯澹的下落，確保不會將他置於險境。

只是，都城傳來的這「好消息」……

林玄英擔憂地瞥了身旁一眼。

庾晚音表現得過於冷靜了，冷靜到反常的程度。

他正想開口再仔細討論一下屍體的真假，就聽她道：「既然陛下不在端王手上，還是要抓緊時間找到他。」

林玄英：「……」

她這是澈底拒絕討論屍體為真的可能性了。

庾晚音不僅拒絕討論，也拒絕朝那個方向思考。

一旦開啟那扇閥門，她的思緒就會立即停滯，手腳也瞬間不聽使喚。

冥冥中彷彿有一道聲音逼迫著她：別停下來，別想他，繼續向前走。

她知道自己全憑一口氣撐著。她不能讓這口氣斷在這裡，因為還有必須完成的事情。

行軍一日後，大軍安營紮寨。

林玄英為庾晚音指了一間單獨的帳篷，仍舊由十二和四七負責守衛。她還多了一個小跟班——進沛陽城之後，她本想付清啞女的傭金就與之作別，卻沒想到啞女的眼珠轉了幾轉，比劃著表示自己想要留下幹活。

偷東西太辛苦，她不想努力了。

庾晚音猶豫了一下，想到這一路上啞女本有無數次機會將自己交給追兵，卻始終沒有出賣自己，似乎本性並不惡劣。加上自己一個女子跟在軍中，確實有諸多不便，於是權且將她收為了侍女。

啞女生性機靈，動作也俐落。兩名暗衛剛支起帳篷，她就已經替庾晚音鋪好了被褥，甚至弄來了一個湯婆子，灌上熱水遞給庾晚音，示意她抱著保暖。

庾晚音風寒未愈，將溫暖的湯婆子抱在懷裡舒了口氣，決定暫時不追問她是從哪裡弄來的。

庾晚音原以為自己會徹夜難眠，結果多虧了身體的疲憊，昏昏沉沉地失去了意識。

睡到半夜，忽然被人推醒。

啞女蹲在她身前，點著一支火摺子，面色警惕，打手勢示意她仔細聽。

庾晚音強迫自己清醒過來，只能聽見帳篷外風雪呼嘯。

庾晚音道：「怎麼了……」

話音未落，她微微一頓。風雪中似乎還有別的異動，是一陣嘈雜的人聲。然而沒等她仔細分辨，那嘈雜聲戛然而止。

庾晚音推開被褥，從啞女手中接過火摺子。

如果出了什麼亂子，為何林玄英不派人通知她，就連十二和四七也沒有示警？

她心中起疑，吹滅了火摺子。

為了避嫌，帳篷中間被一道布簾隔開，兩個暗衛在另一側守夜。

庾晚音躡手躡腳地走去掀開布簾。果然，外面兩個暗衛都不知所終。

她又掀開門簾，在撲面而來的風雪中瞇眼朝外望去。

營地裡此時一片安靜，不像是遇襲的樣子。不遠處，林玄英的主帥帳篷裡透出搖曳的燈光。

庾晚音尚未摸到主帥帳篷門口，那門簾被人一把掀開。林玄英大步走了出來，一邊還回頭朝著身後說話：「你等著，我現在就去問——娘娘！」他險些撞到庾晚音，仗著身手靈活才及時避開，「……妳怎麼醒了？」

庾晚音道：「我在尋我的暗衛。」

林玄英愣了愣，「他們不見了？別急，我派人去尋。外面冷，進來說話吧。」

林玄英尋了張毯子給她，「坐。怎麼穿這麼少就跑出來了？來喝點熱茶……」

說是要派人去尋暗衛，卻半天不見他有動作。

庾晚音探究地看了他一眼，沒碰那杯熱茶，目光不動聲色地在帳篷裡轉了一圈。主帥帳篷中也掛起了一道布簾，隔開了另外半邊空間。不知道其後是那些槍支彈藥，還是別的什麼。

林玄英與她相對而坐，似乎有些出神，自顧自地喝了口茶，「晚音，我還想再問妳一遍。」

這是重逢以來，他第一次對她直呼其名。

林玄英神情嚴肅，「咱們馬上就要到都城了，到那時，就沒有回頭路了。如果妳想離開，這就是最後的機會。我送妳到安全的地方，妳可以有自己的人生……妳本不必擔負這一切。」

他的眼睛遠遠亮過這一星燭火，目光灼灼地望著她。

然而這一問放在這一幕，實在有些不合時宜。庾晚音腦子裡想的全是：他剛才在對誰說話？暗衛去哪了？

「我不擔負……」她笑了笑，「誰來擔負呢？你嗎？」

林玄英的目光黯淡了幾分，「我說過我毫無興趣。」

「那是誰呢？」

林玄英：「……」

庾晚音本是隨口一問，看見他平靜的面色，卻忽然頓住了。

「那是誰呢？」她又問了一遍，「這裡還有別的主事之人嗎？」

林玄英眨眨眼，目光輕飄飄地轉向另一側。

庾晚音猛然起身，動作太快，險些帶倒一旁的燈燭。

林玄英似乎想扶她一把，她卻已經踉蹌著走到那張簾布前，一把扯開了它。

夏侯澹對她笑了笑，「好久不見。」

昏暗燭光下，他圍了狐裘，擁爐而坐，臉上卻無半點血色，顯出幾分鬼似的青白。簾布掀起的風吹得燈影搖搖晃晃，他半身隱在濃重黑影中，長髮披散，身周的戾氣如墨水般洇開。

庾晚音問：「……你去了哪裡？」

夏侯澹平靜道：「正如剛才阿白所說，如果妳想離開的話，現在就是最後的機會。」

庾晚音又上前一步，鼻端聞到了淡淡的血腥味，「路上發生了什麼事？北叔呢？」

夏侯澹充耳不聞，「妳讀過信了嗎？」

庾晚音陡然間心頭一燙，竟是怒火中燒，「閉嘴，回答我的問題！」

「看來是讀過了。既然全都知道了，妳可以好好考慮一下再做選擇……」

「啪」，庾晚音抽了他一耳光。

夏侯澹整個腦袋偏向一邊，半天沒動靜。

庾晚音胸口起伏，「所以，你回來了，但是躲著不來找我，卻派阿白去打發我。」

林玄英：「……」

林玄英從簾布後探出半個腦袋，「那我迴避一下。」

帳中兩人誰也沒理他。

林玄英默默走了。

庾晚音聲音漸冷：「你是真的覺得這種時候，我會甩袖子走人？」

夏侯澹終於動了動，緩緩回過頭來望著她，眸光微閃，虛弱道：「從……從來沒有女人敢打朕。」

庾晚音：？

庾晚音氣不打一處來，又揚起手。

夏侯澹腦袋一縮，鍥而不捨地說完了：「妳引起了朕的注意。」

庾晚音一腔怒火正鼓脹著，忽然如同被針扎破的氣球，半天不知道該擺出什麼表情。

倒是夏侯澹眼中多了一絲笑意，伸手去拉她的袖擺，「消消氣。」

庾晚音甩開他的手。

夏侯澹望著她。

庾晚音雙手抓住他的狐裘衣領，一把扯了下來，又去脫他的中衣。

夏侯澹躲了躲，「久別重逢這麼熱情嗎……」

庾晚音根本不理他的插科打諢，三兩下扯下他的衣襟，露出底下的肌膚。同時她也明白了那淡淡血腥味的由來。

夏侯澹身上沒有武器造成的傷口，只有一塊塊青紫的瘀痕與縱橫遍布全身的抓痕，一眼望去皮開肉綻，血痂連著血痂，還有尚未痊癒的口子還在緩緩滲著血水。

庾晚音又抓起他的手腕，撩開袖子看了看，不出所料看見了血跡斑斑的牙印。

她像被灼傷眼睛般偏了偏頭，咬牙問：「你在路上發病了？」

夏侯澹道：「嗯。」

也正因此，他沒能按照約定及時趕到沛陽。

當時在邶山腳下，趁著地震大亂時，身負重傷的北舟揹著他，與一群暗衛一道殺出了重圍。

甩脫追兵後，北舟卻半路停下腳步，將夏侯澹交給暗衛，又深深望了他一眼，就脫隊獨自走向了另一條岔道。

他沒有留下一句話，所以夏侯澹也不知道他是擔心拖慢眾人的速度，還是得知自己真實身分後，選擇了分道揚鑣。

後來，靠著一群暗衛捨命相護，他們又幾次虎口脫險。眼見著沛陽在望，夏侯澹卻突然毒發。

這一次發作來勢洶洶，更甚從前。夏侯澹只撐了一炷香的時間，就失去了神志。後來在劇痛與癲狂中做了些什麼，他自己渾然不知。

暗衛起初不敢綁他，後來實在攔不住他傷害自己，又怕動靜太大引來追兵，才不得不將他五花大綁，藏了起來。

等他從昏迷中醒來，已經過了兩天兩夜。而這時，林玄英已經率軍開拔，離開沛陽了。

夏侯澹派人與林玄英聯絡，確認了庾晚音安好。但他自己的狀態過於虛弱，此時亮相於右軍面前，反而會動搖軍心。因此一直等到入夜，才由林玄英的心腹接來軍營。

「我本想先偷偷看妳一眼……嘶。」夏侯澹停下話吸了口涼氣，「輕點。」

庾晚音正為他重新上藥，聞言下意識指尖一顫，「很疼？」

問完才驀地反應過來——這廝頭疼欲裂了十幾年了，會為這點小傷吸涼氣？

偏偏夏侯澹抿了抿嘴，大言不慚道：「有點，要不然妳吹一下。」

庾晚音忍無可忍，安靜幾秒後直視著他問：「你是故意的吧？」

「嗯？」

「故意惹我生氣，又故意讓我自行發覺你的傷？」

夏侯澹道：「是的。」

庾晚音垂下眼簾為他上藥，又取來爐火邊烘暖的衣物，輕輕為他攏上了。她口中低聲問：「其實阿白去尋我，也是你故意要讓我起疑，來帳中找你，對不對？」

夏侯澹低下頭，道：「是的。」

庾晚音心中忽然泛起一陣酸楚，「你要什麼呢？你這樣……千方百計瞞我這麼久，卻又送我獨自逃命，還留下書信坦白一切……最後又這樣出現在我面前，卻問我想不想走……你到底想要什麼呢？」

夏侯澹不答。

在她起身之際，夏侯澹的五指輕柔地攀上她的手腕。

燭光搖曳，映在他暗不見底的眼中，終於有了一星光亮。

庾晚音被冰得打了個寒噤。

鬆鬆握著她的手指驟然收緊，力道之大，讓她第一次覺出疼痛。

夏侯澹對她仰起頭，臉上刻意拼成的輕鬆笑意不見蹤影，就連面對她時霧氣般氤氳的溫柔之色也淡去了。

像毒蠍抬起尾刺，狼王亮出獠牙，一個靠著老謀深算笑到了最後的君主面無表情地望著她。他們之間再也不剩任何一層面具，只有赤裸裸的、血肉模糊的坦誠相對。

他一字未發，卻又已經說明了一切：這一切當然都是計畫之內的。以身為餌，環環相扣，步步為營，是他最精巧也最殘忍的一計。

庾晚音本該覺得突兀不適，卻像是已經為這一瞬間等待了一個世紀般，心中一片清明。她沒有掙扎，反而抬起那隻自由活動的手，撫上他的嘴唇。

殘忍的孤君閉上眼睛，在她手心親了親。

「我想要妳愛我。」

林玄英度過了難熬的一夜。

本來還擔心他們見面吵架，守在營帳外聽了一下牆根。到後來裡頭傳出的動靜逐漸不對勁，他呆愣了片刻，罵罵咧咧地走了。

走出幾步又繞回來，還得打手勢命令四周的親信加強守衛。

夏侯澹把他的帳篷占了，他無處可待，最後憋著火氣鑽進手下的帳篷裡，半夜三更將人鬧起來開會，硬是拉著幾個巨人陪自己熬了半宿。

清晨在大軍醒來之前，林玄英鑽回主將帳篷，在布簾外側重重咳嗽一聲，陰陽怪氣道：「陛下，娘娘昨夜睡得可好？」

裡頭窸窣作響，片刻後庾晚音衣衫齊整地鑽了出來，睡眼惺忪，疲憊道：「有勞。」

林玄英心道：妳都這樣，那傷患不得折騰了半條命去。

結果夏侯澹跟在後面出來了，卻是一臉鬆快，隱約還恢復一點血色。比起昨夜剛來時半死不活的樣子，這時活像是吸了精氣的老妖，重新披上了畫皮。

林玄英：「……」

他並不想知道他們昨夜是怎麼度過的。

林玄英憔悴道：「接下來如何打算，勞煩二位給個指示。」

拂曉前，大軍出發之時，運送槍支火藥的輜車上多了兩個不起眼的護衛。

夏侯澹決定照著庾晚音的計畫繼續蟄伏，因此也只密會了林玄英的幾名心腹幹將。他需要儘快養好傷勢，來日現出真身振臂一呼時，才能鼓舞士氣，穩定人心。

庾晚音則理所當然地陪他一起。

暗衛在前方打馬，輜車轆轆前行。車內盡可能布置過一番，讓兩人坐得舒適。

夏侯澹從窗縫瞧了瞧外面沉默行進的兵馬，低聲道：「其實，妳留在沛陽坐鎮更為穩妥。待都城裡風波平定後……」

「想得美。」庾晚音乾脆拒絕，「我不可能讓你得逞第二次。」

夏侯澹望著她，似嘆似笑，「晚音……妳不想周遊世界了嗎？」

「世界就在那裡，晚點去也不打緊。」庾晚音輕描淡寫，「以後我們生個孩子，養到可以獨當一面，就卸下擔子一起退休旅行吧。」

夏侯澹頓了頓，道：「好。」

兩個人表情認真，儘管他們都心知肚明，這只是鏡花水月的願景——夏侯澹連挺過下一次毒發的希望都很渺茫。也正因此，他才要趁著神志清醒，爭分奪秒地收拾局面，為未來鋪路。

而庾晚音此時不走，就等於用行動許下了一個更為沉重的承諾：她將從他手上接過這副擔子。

早在她到來之前，他就已經熬遍心血，耗盡年歲，將自己當作燈油燒到了盡頭。如果她任由這簇火苗熄滅，等於抹殺了他存在的意義。

所以她哪裡也不能去。她會護著四海升平，八方寧靖，長長久久。

一路上斷斷續續飄著小雪，林玄英生怕馬車裡兩個不會武的病秧子再著涼，毛毯、手爐不要錢似的往裡塞。

車廂裡因此逼仄而溫暖，兩人像樹洞裡過冬的動物般擠在一起，無事可幹，只能有一搭沒一搭地說著話。

此時氣氛溫馨中又透著些許尷尬。

直到這時他們才真切體會到，彼此明明已經共曆生死，某種意義上卻才剛剛熟識。

剛才這話頭是庾晚音起的：「你還不知道我的真名吧。」

夏侯澹道：「嗯，以前我自己心裡有鬼，不太敢跟妳展開這個話題。妳叫什麼？」

庾晚音道：「……王翠花。」

夏侯澹：？

夏侯澹道：「那妳父母也不賴啊。」

「承讓。」

靜默片刻，庾晚音又忍不住笑了，「不過我沒想到你竟然是個國中生。這姐弟戀我有點難以接受……」

夏侯澹臉色陰了陰，「我們之間未必有年齡差。」

「此話怎講？」

「我在書裡待了十多年，現實中也未必跟妳同時穿進來。實不相瞞，以前妳聊到外頭的世界時，有那麼幾個新潮詞語我其實聽不太懂。所以我一直懷疑——」

庾晚音愣了愣，忽然想起謝永兒聽見「懸浮列車」時的反應。自己穿來之前兩年，懸浮列車的概念才流行開來。因此當時她就懷疑過，《穿書之惡魔寵妃》是一篇老文。

庾晚音問：「你是哪年穿來的？」

「二〇一六年。」

庾晚音傻了，「我是二〇二六年。」

夏侯澹一臉不可思議，「妳之前說，這篇文是手機廣告推給妳的？就這麼篇爛文，憑什麼紅十年？」

無論如何，這個新聞終於讓庾晚音放下了穿回去的企盼。

她原本指望著他們兩個靈魂出竅後，真實的身體還作為植物人躺在醫院裡，等未來某一天蘇醒了，還能在現實裡再續前緣，但現在看來，張三都出竅十年了，還活著的可能性委實不大。

夏侯澹則根本沒有往那方面打算，注意力還放在一個嚴肅的問題上，「如何？不是姐弟戀吧？」

「這個嘛——」庾晚音故意拖長腔。

「嗯？」

「不知道呀。」庾晚音摸他的下巴，「不如先叫聲姐姐來聽聽。」

馬車突然顛簸了一下，似乎被什麼石子硌到。與此同時，外頭傳來輕微的破空之聲，緊接著暗衛長劍「唰」地出鞘。

夏侯澹眼神一冷，反應極快，將庾晚音護在懷裡往下一倒，躲到裝槍支的箱子後面，這才出聲問：「怎麼了？」

暗衛忙道：「無妨，是流民滋事。」

「流民？」

暗衛語氣有些複雜，「沿路的百姓許是把咱們當成了叛軍……躲在樹後面朝咱們丟石子。已經被驅走了。」

右軍這一路行來，各州百姓雖然不敢螳臂當車，但背地裡翻個白眼、啐口唾沫的事情卻沒少幹。

不少百姓還念著夏侯澹輕徭薄賦的好處，並不信端王散播的那一套妖后昏君的鬼話。如今聽聞夏侯澹猝然駕崩，更是篤信了端王就是仗著手中有兵，公然奪權篡位。因此瞧見開向都城的大軍，自然沒有好臉色，膽子肥的直接丟起了石子。

庾晚音聽明白前因後果，神色也複雜起來，「怎麼說呢，還有點感動。」

夏侯澹也笑了笑，「這都多虧了皇后啊。」

在她到來之前，他的力量只夠與太后、端王拚個魚死網破。

他不介意死在黎明前的黑暗裡，但若有機會走入燦爛驕陽下，誰又會拒絕呢？

「我現在……」他說到一半覺得煞風景，語聲低落了下去。

他現在有點捨不得死了。

庾晚音莫名其妙，「什麼？」

「沒什麼。」夏侯澹笑著拉她坐回原位，「姐姐的頭髮好香。」

都城已經七日未晴，天色晦暗如長夜。

短短數日間，太后與皇帝先後賓天，禁軍與禁軍互相廝殺，嚇得城中百姓緊閉門窗，惶惶不可終日。

後來殺戮似乎告一段落，城中宵禁卻仍在持續。誰也不知道這變故是怎麼開始的，又要到何時才能停止。但從最終贏家來看，這事跟端王脫不開干係。

而端王近來的行事作風，算是把他多年苦心經營的好名聲毀了個乾乾淨淨——數十名大臣長跪不起也沒能見到皇帝最後一面，如此慘烈之事，再厚的宮牆也擋不住，隔天便傳到了大街小巷。八旬老嫗聽了也要問一句「是不是有什麼陰謀」。

更何況皇帝屍骨未寒，端王就大張旗鼓地四處捉拿皇后，這架勢但凡有點腦子都看得出來，就是要趕盡殺絕了。

民間一時議論四起。

接著便來了禁軍，端王新封的溫統領一聲令下，散播流言蜚語的格殺勿論。

幾戶人家被拉出去殺雞儆猴之後，都城陷入一片死寂。行人道路以目，大街小巷除了禁軍巡邏的腳步聲，再也聽不見任何人聲，猶如鬼城。

李雲錫等人坐在岑堇天的病榻邊。

當初岑堇天在郊區的別院被端王發現之後，夏侯澹便將他轉移到新的藏身處，讓他得以安靜地度過所剩無幾的餘生。

夏侯澹駕崩當日，端王讓臣子們回府暫歇。李雲錫有種預感，這一回府怕是再也出不去了。於是與兩個好友一合計，乾脆半途轉向，躲到了岑堇天處。

果不其然，沒多久就傳來消息，寢宮外下跪的那一批臣子，都被禁軍圍困在自家府中，不得進出。而端王的人找到此處，也只是時間問題。

幾人面面相覷，都是神情黯然。

病榻上擁被而坐的岑堇天先開了口，語聲平和：「事已至此，早做打算吧。」

經過蕭添采這段時日的調理，狀態倒是好了不少，單看臉色，並不像是只剩幾個月壽命的樣子。久病之人早已看淡生死，因此他反而是幾人中最冷靜的一個。

岑堇天替他們分析：「眼下想活命，只剩兩條路。要麼辭官，要麼找端王投誠。我看你們也不像是能投誠的樣子……」

「當然不投誠。」李雲錫斷然道。

楊鐸捷嘆了口氣，「是啊，我準備辭官了。」那殿上已經沒有值得效忠的人，這城裡他也待不下去了，不如回去孝敬父母。

李雲錫卻頓了頓。辭官這種結局，聽起來未免慘澹。他開始考慮血濺大殿、名垂青史的夙願。

「我倒是想去投誠試試。」爾嵐輕飄飄地道。

李雲錫：「……」

李雲錫問：「什麼？」

爾嵐並無說笑之意，「擁皇黨此時多半辭官保命，朝中會有一大批空缺。端王需要人為他辦事，短期內不會對剩下的人動手的。」

李雲錫心中一急，還沒開口，岑堇天卻已經皺起眉，「爾兄如此聰慧，怎會不知端王定然秋後算帳？」

「走一步看一步吧，真到那時再死不遲。」爾嵐似乎並不忌諱在病人面前談論生死，「想來比起一頭撞死那種盡忠，陛下更想看到我們護一方百姓安好，別讓他們為這動亂所累。」

李雲錫：「……」

他的夙願有那麼明顯嗎？

李雲錫陷入糾結之中。他已經不是剛入朝時一根筋的愣頭青了，自然聽懂了爾嵐的苦心。然而此時向端王低頭，那是奇恥大辱啊！

岑堇天沉默片刻，緩緩開口：「大廈將傾，一人之力何其微末。人生苦短，爾兄正值大好年華，不如為自己活一回。」

爾嵐笑著搖搖頭，一雙秀麗的眼睛不閃不避地望著他，「岑兄有所不知，我留下是為大義，也是為私情。」

李雲錫和楊鐸捷同時嗆咳起來。

李雲錫心中苦澀難言，楊鐸捷則在感慨不愧是他的結義兄弟，斷袖斷得坦坦蕩蕩。

彷彿過去良久，岑堇天茫然地笑了一下，「原來爾兄在此地已結了良緣？那確是喜事啊。」

「嗯，是喜事。」爾嵐站了起來，「我去看看外面情況如何了。」

她離開了。

李雲錫和楊鐸捷如坐針氈地僵在原地。岑堇天垂下眼睛，也沒再說話。

半晌，李雲錫一言不發轉身出門，踢了柱子一腳。

他抱著腳喘了幾口氣，又兜回來，惡狠狠道：「那我也不走了！」

楊鐸捷左右看看，「……都不走？那我走了。以後總得有個人為你們立墳。」

楊鐸捷連夜寫辭呈的同時，端王正鐵青著臉色，望著梓宮中皇帝的屍身。

在他身側，心腹跪了一地。

夏侯泊臉色衰敗，額上的冷汗拭去又滲出。心腹看得膽戰心驚，勸道：「殿下養傷要緊，還是早些躺下休息……」

夏侯泊打斷道：「這個人，當初是中軍送過來的？」

心腹道：「回殿下，是中軍押來的，還說洛將軍親自審問過。」

夏侯泊眼中閃過一絲狠厲的光，伸手將屍體臉上緊貼著的面具揭開一角，自言自語般低聲道：「連中軍也會叛變嗎……」

直到這個「夏侯澹」咽氣之時，他才發現人是假的。

當時他大發雷霆，本想將消息捂著，繼續祕密追捕真皇帝。無奈那些作死的文臣逼得太緊，大有再不能面聖就以身殉道的架勢。夏侯泊不敢在這種關頭掀起民怨，只能一不做，二不休，讓他們見了這冒牌貨的屍體。

緊接著他便安排儘快出殯。如此一來，只要一口咬死夏侯澹已經入土，日後就算再冒出一個真的夏侯澹，他也能倒打一耙，聲稱對方是假冒的。

只是被這冒牌貨蒙蔽了數日，後果有可能是致命的。真的夏侯澹到底逃去了哪裡？是趁著他們搜查鬆懈時逃出了三軍的包圍圈，還是被某一方背叛他的勢力窩藏了起來？

夏侯泊不願懷疑中軍。他跟洛將軍曾經並肩作戰，有過命的交情。他寧願相信洛將軍也只是沒有看破此人的偽裝。然而他心中清楚，自己絕無可能不存芥蒂地迎接中軍進城了。另外兩軍，他也不能放心。

夏侯泊心底不禁生出一絲眾叛親離的悲涼。

心腹提醒道：「殿下，明日三軍就要在城外集結了。」

夏侯泊定了定神，冷靜道：「安排他們在城外駐紮。」他得防著夏侯澹殺回來。

「殿下可要召見三位將軍？」

「讓他們三個進城來見我，沿路布置好埋伏，一旦發現有人動靜不對，當場誅殺。還有，城門處也設下防衛，派人去將三軍人馬和輜重逐一檢查一遍。瞧見身形可疑的，都驗一驗真容。」

心腹一一記下。

夏侯泊又想到一事，「把太子請到我這裡……還有庾少卿府中老小，全押過來。」

這是扣作人質的意思。或許夏侯澹不太在意這些人的死活，但為了面上好看，也不能棄之不顧——如果明天夏侯澹真的現身的話。

夏侯泊算是做了萬全的準備。

然而，他心中卻依舊隱隱不安。或許是因為那日在邶山腳下，他見識了夏侯澹手上的武器。

如今他已經知己知彼，決不會讓自己暴露在那玩意的射程之內。但那武器橫空出世，本身就像是一個不祥的徵兆。在謝永兒的預言裡，他才是天選之子。可為何堅持到今日，上天對他的眷顧卻越來越吝嗇？

他此時又是毀容，又是不良於行，腿傷還在不斷惡化。看在一旁的心腹眼中，只覺得堂堂端王淪落至此，身上早已沒了那份睥睨天下的氣度，遊移不定的眼神裡暴露出的全是偏執多疑，竟比那瘋皇帝還可怕。

心腹都在暗暗叫苦。

已經走到了這一步，總不可能再臨陣變節，只好一條路走到黑了。只是這些人原本摩拳擦掌，只等著端王風光上位，現在卻百般遮掩，不想流露心中的恐懼。

空氣中瀰漫著一股冰冷的味道。如果有久經沙場的將士在此，便會聞出這是敗仗的氣息。

第二十四章　重掌河山

都城外二十里處，右軍營帳。

「袖中弩」已經祕密分發給一千名將士。這些人都是林玄英親自培養的精英，對他忠心耿耿。又經過緊急訓練，要起槍來以一敵百。他們很清楚手中武器的威力，卻至今不知這武器要指向誰。

當然，一路上審時度勢，他們也多少猜到了，這武器……怕是要用來謀反。

因此總體情緒比較緊繃。

直到這最後一夜，林玄英將他們召集到一處空地，冷冷道：「不要出聲。」

說著讓出了身後的一男一女。

精英團：「……」誰？

林玄英道：「恭喜各位，要立從龍之功了。」

幾秒後，一千人齊齊整整跪了一地，沒發出一絲多餘的聲響，只用面部肌肉表達了激動之情。

林玄英很有面子，轉身道：「請陛下示下。」

夏侯澹點點頭，不疾不徐道：「明日的目標是活捉端王，餘下的頭領格殺勿論。除頭領外，兩軍將士降者不殺。諸位手握利器，要儘快控制局面，減少傷亡。我大夏將士的熱血，應該灑在邊疆。」

武將文化水準有限，所以他說得特別簡明直白。但這番話語顯然句句入了眾人之心，幾個糾結了一路的小將眼含熱淚，一副終於遇到了明主的樣子，整個隊伍的士氣為之一振。

林玄英滿意了，又過了一遍明天的計畫，便讓眾人各自回營。

回到帳篷，庾晚音低聲道：「咱們現在就先易容吧，做好準備。」

夏侯澹自然沒有意見，伸臉讓她自由發揮。

庾晚音一邊為他貼鬍子，一邊笑道：「一切順利的話，明天這個時候就有床睡了。回頭再派人去把北叔找回來，現在阿白也在，四人小火鍋可以重新開張了。」

她絕口不提北舟遇險的可能。夏侯澹明白她故作輕快，是想安慰自己，於是也「嗯」了一聲。

庾晚音又道：「蕭添采還在宮裡呢。我離開之前幫他指了個以毒攻毒的方向，他說可行的，說不定這段時間他的研究已經有突破了。」

夏侯澹道：「嗯。」

庾晚音道：「可惜端王殺不得，他死了世界可能會崩塌。不過我琢磨了幾個折磨他的創意想法，你聽聽看……」

夏侯澹若有所覺，「晚音，」他握住她的手，「別怕，會順利的。」

他的掌心並不十分溫暖，卻乾燥而穩定。

庚晚音做了個深呼吸，心中奇跡般地平靜下來。黎明前至暗的寒夜裡，他們抱在一處小睡了一陣子。

翌日早晨，三軍在都城外列隊齊整。

這座都城已經數百年沒面臨過兵臨城下的陣仗了。單是中軍就出動了足足五萬人，一路從邊境殺來，雖然沿路折損了一些人馬，如今與左右兩軍會合，總數仍達八萬之多。

龐大而沉默的隊伍靜立在城牆之外，從城門望出去，一眼瞧不見盡頭，猶如一道黑色的洪流。

等待片刻後，城門大開，一小支隊伍迎了出來。

當先一人卻並非夏侯泊，而是一個端坐馬上的中年人，一出城門就翻身下馬，朝著三方統領樂呵呵地行禮。

左右兩軍領頭的都是副將軍，中軍卻是洛將軍親自帶來的，顯然對端王拿出了最高誠意。也正因此，洛將軍更顯不滿，「黃中郎，端王何故不現身？他現在何處？」

黃中郎賠笑道：「殿下在宮中等候各位已久，請幾位將軍隨我入內。」

洛將軍皺了皺眉，回身點了一小隊護衛出列，跟著自己走向城門。林玄英冷眼看著，也有樣學樣。

那黃中郎卻又伸手攔道：「哎呀，這個，還請諸位卸下刀劍再進城。」

幾個統領的臉色都陰沉了下來。洛將軍嗤笑道：「我帶軍千里迢迢趕來馳援，這便是端王的禮遇？」

黃中郎驚慌失措，連說好話，見洛將軍不買帳，這才左右看看，湊近過去對他低聲道：「將軍有所不知，軍中恐怕出了奸細……」他將聲音壓得更低，「似乎與陛下的遺體有關。」

他一邊說一邊覷著洛將軍。

洛將軍臉色一變，似是想到什麼，目露震驚。

林玄英極力控制著表情，做出聽不懂啞謎的樣子，心中卻頗感稀奇。

他們一直以為，宮中那「夏侯澹」的假屍是端王自己準備的。然而現在看來，其中似乎還有文章，而且還跟中軍有牽扯。

到底是怎麼回事？

林玄英昂首道：「反正老子光明正大，可不怕查。」說著隨手卸下配刀，重重摔在黃中郎腳邊，冷哼一聲進了城門。他那隊護衛寸步不離地跟過去，也都乾脆地丟了刀劍。

洛將軍卻在動身之前偏過頭，對留在城外的心腹比劃一個手勢。

他不明白端王為何會對自己態度大變。他不懷疑端王，卻懷疑上了端王手下這批人，猜測他們在搬弄是非。那個手勢的意思，便是讓心腹見機行事，當戰則戰。

遠處隊伍末尾的輜車裡，庾晚音透過車窗的縫隙，望著城門處的動靜。

她吁出一口長氣，回頭望著夏侯澹，「等阿白的訊號吧。」

從城門到皇宮大殿，一路上全是伏兵。

以武將的敏銳，幾位將領自然很快察覺了這一點。洛將軍的臉色已經黑如鍋底。

林玄英則在行走間默默確認一下袖中藏著的武器，隨時準備開火。

無論內情如何，既然端王已經起疑，對他們來說就不是好事——直搗黃龍的難度增加了一點。

城外，隊伍裡突然起了一陣騷動。

庾晚音在車中感覺到，將車簾撩起一角，問：「怎麼回事？」

趕車的暗衛目力極佳，「禁軍統領來了，在讓人逐一搜查三軍，從隊伍裡拉了一些人出去，應該是在……找可疑人物。還有一隊人馬朝這邊過來了，可能要搜輜車。」

庾晚音心一沉。端王還是那個端王，不信任何人。

車裡的槍支已經分發完了，只剩下一些備用的火藥，還藏在一層糧草底下。不過若有人打定主意來查，終究還是會發現的。

庾晚音心跳得飛快，索性從車窗探出頭，發現禁軍將三軍中拉出去的人都趕到了城牆腳下，集中到一處，似乎想一併審問。

庾晚音道：「他們肯定是在找我們兩個。那他們會按照什麼標準拉人呢？」

暗衛又運足目力看了一下，「似乎……都是些身材矮小或者瘦弱之人。」瘦的可能是夏侯澹，矮的可能是庾晚音。

庾晚音心念一動。帶槍的那一千名精銳個個人高馬大，反而不在這個範疇裡，不會第一時間被查驗。

暗衛猛然加快語速：「娘娘，人來了！」

「算了，提早動手吧。」夏侯澹舉起槍。

庾晚音縮回腦袋，深吸一口氣，「等等，我有個主意。」

夏侯澹問：「什麼？」

庾晚音匆匆交代兩句，夏侯澹只來得及搖頭，來人就已經到了他們車前，揚聲道：「掀開看看。」

暗衛掀起車簾，庾晚音看了夏侯澹一眼，當先走了下去。

來人上下一瞧她的身高，毫不猶豫道：「拉走。」

庾晚音低頭被拉走了。

夏侯澹：「……」

來人又盯著跟下來的夏侯澹。

庾晚音昨夜將他打扮成一個虬髯大漢，為了搭配那一臉鬍子，還往他的衣物裡塞了些碎布，撐出一身橫肉的模樣。

來人打量半晌，用下巴指了指輜車，「裡面是什麼？」

這人沒認出夏侯澹，夏侯澹卻認出了他。是個禁軍小頭目，邶山腳下臨陣倒戈投奔了端王。他身邊還站了兩個虎視眈眈的跟班。

夏侯澹眨眨眼，「亮槽（糧草）嘛。」

小頭目：「……」

小頭目愣是沒聽懂他這土到掉渣的口音，「什麼？」

「亮槽嘛。」夏侯澹回身搬下一箱糧草，打開給他看，「亮槽。」

「行了行了。」小頭目不耐煩道：「你，把貨物全搬下來攤開。」

夏侯澹慢吞吞地上車搬箱子，順帶遞給暗衛一個少安毋躁的眼神。

庾晚音被押到城牆腳下，果不其然在那群被挑揀出來的「可疑人士」中瞧見了啞女。

前幾日夏侯澹出現之後，為了嚴格保密，庾晚音沒再讓啞女貼身服侍。啞女不願離開，就換了男裝跟在軍中蹭吃蹭喝。沒想到今日卻吃了身材矮小的虧，莫名其妙就被拉了出來，正驚疑不定地縮在人群中。

此時整個人群都在騷動，膽大的直接嚷嚷出聲，問禁軍憑什麼抓自己。這些邊軍向來瞧不起沒骨頭的禁軍，此時又一上來就受了冷遇，不滿已經達到了極點。

禁軍溫統領踱了過來，「少廢話，一個一個搜身！」

庾晚音趁亂不動聲色地靠近啞女，低聲道：「是我。」

啞女聽出她的聲音，猛地轉頭。

「聽我說，」庾晚音悄悄拉住她的手，將一物塞到她手心，「妳會偷，應該也會反其道而行之吧？」

啞女：？

庾晚音用眼神點了點站在她們前面的一名漢子。他身上穿的是中軍的布甲。

夏侯澹搬了幾趟，再鑽入車廂後忽然沒了動靜。

小頭目等得不耐煩，「怎麼不出來了？」

夏侯澹道：「好腫（重）。」

「什麼？」小頭目探頭進去，見夏侯澹拿屁股對著他，不知在搗鼓什麼。

夏侯澹道：「忒腫了，搬不動。」

「不要玩什麼花招，趕緊出來！」小頭目拔出劍來往車廂裡擠，「我告訴你，外頭還有我的人——」

尾音戛然而止。

夏侯澹轉過身來，手中槍口正對著他。

小頭目險些當場尿褲子，「陛……陛……陛……」

「閉嘴。」夏侯澹偏了偏頭，「看來你認得這是什麼。那你應該也知曉它的威力吧？」

小頭目顫抖著點點頭，目光絕望地瞟向車簾。

「你呼救一聲，朕就親手送你歸西，很隆重。」夏侯澹心平氣和道。

小頭目頓時搖頭如撥浪鼓，「陛下盡……儘管吩咐，屬下一定照辦。」

片刻後，車廂裡傳出小頭目的嚷嚷聲：「這箱子確實太沉了，你們兩個上來搭把手！」

被他留在外面的兩個跟班依言鑽進車廂。

又過片刻，夏侯澹和暗衛帶著三套禁軍的衣服走下車，交給三名右軍精英，如此這般地吩咐了一番。

與此同時，城牆腳下傳出一聲驚叫：「找到了！」

只見禁軍將一名中軍漢子牢牢摁在地上，其中一人高舉起一個形狀古怪的東西，儼然與夏侯澹在邶山下亮出的武器一模一樣，「從他身上搜出來的！」

知道這玩意厲害的禁軍嚇得紛紛後退幾步。溫統領接過槍看了看，顫聲道：「去……去報給端王。」說著拿劍指著地上那人，一步步靠過去，示意手下去撕他的臉皮。

中軍漢子惱怒道：「什麼東西？我根本不知那是何物！你們這是栽贓！」

禁軍在他臉上撕了半天，沒撕出什麼名堂，發現這人不是夏侯澹，便要將他押走審問。

中軍隊伍一片譁然，洛將軍留下的心腹越眾而出，「溫統領且慢。這是什麼意思？」

溫統領握緊長劍，冷聲道：「我等奉端王之命搜查軍中奸細，還望各位協力相助，莫誤了大事。」

那心腹卻不吃這一套，又威脅地上前一步，「溫統領手上的正是鄙人堂弟，鄙人對他知根知底，這其中是不是有什麼誤會？」

這心腹聲望頗高，他一動，中軍大隊也跟著動了，齊齊上前一步，手中刀劍出鞘一寸。

溫統領猛然抬眼，驚疑不定地瞪著他。

中軍隊伍裡，三名正在搜查將士的禁軍微微抬頭。

其中一人踱步到正在檢查的那名將士身後，一隻手縮入袖中。

溫統領心裡摸不準中軍的立場，將手背在身後打了幾個手勢，提醒眾人警戒，面上呵呵笑了兩聲，正要說兩句好話穩住對方。

一聲炸響。

溫統領的腦門上多了一個血窟窿，原地搖晃一下，倒了。

空氣凝滯了兩秒。

左右禁軍當場嚇瘋，四散奔逃。

有人嘶聲喊道：「是中軍！是中軍射來的！」

城牆上瞬息間冒出無數伏兵，彎弓搭箭對準了城下大軍。

中軍隊伍立時亂了。那心腹駭然退入隊伍中，前排將士還未明白發生了什麼，就下意識豎起護盾，調整隊形，進入了備戰狀態。後排眾人則慌張四顧，卻找不出那聲炸響的來源——他們甚至不知道那是什麼東西發出的聲音。

心腹暴喝一聲：「我中軍對端王忠心耿耿，爾等宵小怎敢設計陷害！」

禁軍嚇破了膽。

溫統領已亡，副統領站在城牆上雙腿打戰。

中軍足足五萬將士造反，手中還有那離譜的武器，他們有多少人可抵抗？這都城能守幾天？端王那裡要如何交代？

副統領道：「放箭……放箭！讓左右兩軍快快策應！」

中軍則道：「後撤！後撤！洛將軍還在他們手裡！」

左軍：？

右軍幾名頭領早有準備，一聲令下，積極地率軍從側翼攻向了中軍。

林玄英等人在宮門外又被攔了下來。

一群內侍賠著笑上前道：「萬望幾位將軍見諒，而今入宮還得搜一遍身。」

林玄英心知端王在害怕什麼，暗暗冷笑了一聲。另外兩名將軍卻勃然大怒，洛將軍咆哮出聲：「你讓端王出來，讓他對著我說！」

內侍笑容不變，「殿下讓奴婢帶一句話，說是若沒有搜出什麼，他會親自對幾位將軍賠禮謝罪。」

洛將軍在發火與不發火之間遊移了幾秒。

林玄英適時開口，火上澆油道：「端王到現在都不露面，是不是被你們控制了？」

內侍卻像是早有防備，瞇了瞇眼，「幾位將軍大人有大量，莫要為難奴婢。」說著揮了揮手，一群侍衛從暗處現身，將一行人團團包圍。

邊軍當然不是任人拿捏的軟柿子，一見將軍被為難，赤手空拳擺開了肉搏的架勢。

雙方正在僵持，遠處突然傳來一聲高呼：「報——中軍反了！」

從剛才變故開始，城牆腳下那群「可疑人士」就已經散開了，趁著禁軍防衛鬆懈，朝著各自原本的隊伍逃去。

一片混亂中，庾晚音緊緊拽著啞女的手，將她拉回右軍的盾牌後頭。城牆上禁軍的箭矢全衝著中軍飛去，倒給了他們喘息的餘地。

事實上，這正是她這個臨時計畫的最終目的。

趁著禁軍與中軍內耗，右軍中持槍的那一批精英已經悄然接近城牆，藉著隊形調整，將槍口對準牆上——而禁軍還一無所覺。

「娘娘。」一個眼熟的巨人迎了過來，靠身形猜出她是誰，護著她們朝隊伍後方退去。

庾晚音問：「陛下呢？」

「這。」夏侯澹鐵青著臉擠過來，朝她伸出手，「別再亂跑了。」

庾晚音笑著握住他的手。

夏侯澹將她拉到自己身後，轉向巨人點了點頭。

巨人舉起槍來，一聲暴喝：「殺！」

此時的宮門外，洛將軍的人正與端王派來的侍衛殊死搏鬥。

他們也不是沒留後手，或許是進城之前就起了疑心，一行人都貼身藏了暗器。加之武藝高強，一時間竟與端王的人打得有來有往，愣是逼出了四周不少伏兵。

不過畢竟人數太少，終於一個個倒下，只剩洛將軍還在苦苦支撐。

林玄英躲在一旁冷眼旁觀到此處，看清了所有伏兵所在，又判斷一下雙方戰力，終於動了。

他抬手一槍崩了那內侍，道：「動手！」

對當日在場的所有人而言，這是永生難忘的一天，但他們中的絕大多數，到死都說不清當時發生了什麼。非要用語言描述，大概也只有「天罰」二字可言。

前一秒，中軍還在遭受三面夾擊。城牆上的禁軍飛箭如蝗，右軍積極參與圍攻，不明所以的左軍聽見禁軍的嚷嚷聲，只得後知後覺地跟上。

但圍攻的三方各自為戰，互不相應，誰也使喚不動誰。而中軍畢竟是百戰之師，乍遇突襲慌亂了一陣，隨即便布成陣勢果斷應戰。他們的人數有壓倒性優勢，兩翼鐵騎又配合默契，橫衝直撞一陣，竟真的衝亂了左右兩軍的隊伍，又從輜重裡搬來了飛梯朝城牆架去，大有一不做，二不休之勢。

禁軍被這騰騰煞氣嚇慌了，一波波箭矢不要命地朝中軍射去，要阻住他們攻城。

直到右軍的隊伍裡傳出那一聲「殺」之前，戰況還在膠著——

下一秒，天翻地覆。

那究竟是什麼聲音？不是沙場上空迴盪了千年的金鼓聲，卻像是無數道炸雷，裹挾著九霄之上的怒意，朝著城牆與中軍同時劈去。

城外將士駭然抬眼，只見那雷聲過處，騰起一片飛濺的血霧。

沒有已知的武器能造成那樣恐怖的破壞。

第一排禁軍連帶著副統領，在幾息之間祭了天。

中軍幾名領頭的副將，驍勇一生，直到栽下馬去成了鬼，也沒明白擊中自己的是什麼。

其餘人尚在驚恐中呆若木雞，那天罰卻毫無止歇之意，又朝他們轟來。

沒有已知的防禦能與之抗衡。

那些為擋住刀槍劍戟而設計的盾牌與盔甲，似乎突然成了鹵水豆腐。天雷肆意地狂轟濫炸，粉碎了兵馬的血肉，也將眾人的戰意踐踏成了齏粉。

終於，有人顫聲喊道：「右軍……是右軍！」

他們百般戒備的「可疑人士」露出了真面目——不是一個，不是兩個，而是一支軍隊。

能被洛將軍帶到都城來的中軍將士都是精銳，多年征伐，所向披靡，百折不撓，但此刻，最前排的甲兵潰退了。

他們面對的不是戰爭，而是單方面的屠殺，是幽都門開，十殿閻羅座駕親臨。

這一退，便一發不可收拾，完整的陣形瞬間崩成了一盤散沙。眾人爭先恐後地向後奔逃，而後排卻還有不明情況的兵馬在向前擁擠，人群撞在一處跌倒疊壓，猶如失控的蟻群。

中軍都成了這樣，更遑論禁軍。

城牆上的攻勢再也不成氣候，嚇破了膽的兵卒只想縮回牆後逃命。

倒也有不怕死的禁軍，仗著地形優勢，還想朝下射箭；也有終於理解發生了什麼的左軍，隔著中軍沒看清右軍的武器，此時無畏地殺將過來。

然而，潮水一般頂上的人群，很快也如潮水一般被拍散了。

右軍準備了多時，彈藥充足，彷彿無窮無盡。林玄英留下的幾名心腹巨人指揮有度，從拔槍開始就再未折過一兵一將。

巨人看準時機，大手一揮，「架飛梯！」

城中，林玄英一槍一個，三槍便崩了內侍與兩名將軍，乾脆俐落地收割了幾方人馬的頭領，又朝餘人殺去。

他帶進來的小隊都是絕世高手，行動間更是迅速，對上端王的伏兵，幾乎彈無虛發。

宮中雖然還有人手源源不斷地奔出來，但明顯士氣不足，甚至沒勇氣踏進射程，只敢遠遠地打轉，時不時飛一些箭矢暗器過來。

林玄英尋了掩體避著，看出他們想耗盡己方的彈藥，嗤笑一聲，「想得倒美。」

他聽著遠方城門處的悶雷聲，悠然道：「你猜他們還有多久能破城？」

這一天，城內城外都經歷了一場科技的洗禮。

事實上，右軍在第一波無差別轟殺之後，便開始一心一意地攻城，反而不再對左、中兩軍開火。然而左、中兩軍緩過一口氣來之後，卻仍是躊躇不前。

城門轟然告破。

右軍開始摧枯拉朽般清理城內的禁軍。

中軍隊伍裡，有人恥於當逃兵，掙扎著朝右軍舉起長戟，腳下幾番發力，竟是重若千鈞，遲遲邁不出一步。

「噹啷」一聲，長戟脫手墜地。

那小卒恍若未覺，喃喃道：「這莫非是天要亡我？」

便在此時，城門上掛下了一面旗幟。玄黑的底色，以金線繡出蛟龍圖案，九條織帶在獵獵寒風中飄拂。

龍旂九旒，天子之旌。

夏侯澹攜著庾晚音的手登上了城牆。他們臉上的偽裝已經盡數卸去，站在高處靜靜俯視著城下叛軍。

巨人在旁邊聲若洪鐘，傳出老遠：「吾皇在此，還不來降！」

叛軍麻了。

今日之前，這些將士頂多猜到自己要來替端王幹活，對付殘存的擁皇黨。沒人告知過，他們在對付皇帝。

對付皇帝，那是什麼罪？

左軍還剩一個副將軍未死，此時也在絕望中走向了瘋狂，嘶聲喝道：「吾皇已崩，這一定是右軍找人冒充的！右軍……右軍才是叛賊啊！」

巨人轉頭看了看夏侯澹。這種時候，就該由皇帝本尊出面來彰顯天威了。

夏侯澹點點頭，醞釀了一下。

夏侯澹道：「一條斷脊之犬，還敢在我軍陣前狺狺狂吠，我從未見過有如此厚顏無恥之人！」[1]

右軍聽見罵聲，殺聲震天。

庾晚音：「……」

夏侯澹感覺到她在瞳孔地震，小聲笑了一下道：「這句臺詞我已經憋十年了。」

1　一條斷脊之犬……如此厚顏無恥之人：出自電視劇《三國演義》中的經典臺詞，後成為網路流行語。

巨人：？

夏侯澹又提聲道：「賊子夏侯泊矯詔，召外兵至京師，謀殺帝后，罪大惡極，而今事已彰露，人共誅之！」

他這通身的煞氣，委實不是哪門子冒牌貨能學出來的。

那副統領心裡其實非常清楚這一點，雙腿一軟，當先跪了下去，面如死灰道：「微臣……萬死！」

夏侯澹掐著時間停頓了一下，才把話說完：「但皇后開恩，念在爾等脅從不明真相，今日倒戈來降者不殺。」

叛軍降了。

右軍氣勢如虹殺進城中，與林玄英裡應外合解決了頑抗的禁軍，又火速奔著皇宮去了。

城中百姓縮在家中，只聽到窗外大軍地動山搖地踏了過去，還在瑟瑟發抖，不知這回又要躲幾天，殊不知這天已經變完了。

夏侯澹坐鎮城外，片刻後林玄英的心腹來報：「端王躲在寢宮裡不出來，還將太子和國丈府中老小扣作了人質，林將軍不敢強闖，讓屬下來請示陛下……」他似乎有些疑惑，但還是照實轉述道：「請示陛下，『能不能抄那條近道』。」

夏侯澹：「……」

夏侯澹道：「抄吧。」

林玄英熟門熟路地帶人繞去冷宮，撬開門鎖，掀起一堆掩人耳目的遮蓋物，爬進那條地道的入口。

他們從地道另一頭爬出來的時候，寢宮裡正在上演一齣鬧劇。

有個太監見外頭情勢急轉直下，苦勸端王「留得青山在，不怕沒柴燒」，作勢要推著他的輪椅帶他出逃，卻在瞬間掏出匕首，想殺了端王做投名狀，以期保住自己的小命。

瘦死的駱駝比馬大，夏侯泊再狼狽，好歹還有幾個死士躲在暗處保護。死士跳出來擒住了太監，而夏侯泊暴怒之下，活活擰斷了太監的脖子。

夏侯泊此時已在精神失常邊緣，自己操縱著輪椅移動到那群人質前，伸手點了個女人，對死士道：「殺了她，把頭割下來丟出去，給夏侯澹看。」

林玄英便在這時帶人從床底下跳出來，快準狠地射殺了所有死士。

夏侯泊轉頭望著他們，似乎笑了一下，眼中閃著冷然的快意，對林玄英舉起手中一物——正是被庾晚音嫁禍給中軍、又被禁軍查收後送進來的那把槍。

林玄英瞳孔驟縮，閃身朝一旁躲去——

夏侯泊卻倒轉槍口對準自己，摸索著扣動扳機——

無事發生。

庾晚音早在輜車裡計畫時，就卸掉了這支槍裡的彈藥。

林玄英的人隨即撲上去制住端王，綁他的四肢，又拿布團塞進他嘴裡，防止他咬舌。

林玄英心跳尚未平復，拍著胸口走回他面前，報以一個惡意的微笑，「端王殿下竟想尋死？陛下若是得知了，該多——傷心啊。」

當下林玄英帶著人清剿城中的端王餘黨。

由於擔心端王狡詐，留了死士作為後手，夏侯澹和庾晚音暫時沒有入城，而是繼續留在城牆上，對城外的大軍發表動人演說。

收繳叛軍所有武器後，庾晚音指揮著人手救治傷患，夏侯澹則臨時點了幾個積極投誠的小頭目，讓他們幫忙維持秩序。

殘局收拾到一半，林玄英親自出來了，面色有些難看，示意夏侯澹借一步說話。

「我們找到了端王拿來冒充你的那具屍體。」城牆內側，林玄英將夏侯澹帶到一口棺槨前，示意手下推開棺蓋，露出了裡面的屍身。

夏侯澹走過去，垂眸看著這個面色青白、死不瞑目、以假亂真的自己。

太像了。

像到即使是最熟悉他的人，也很難看出端倪的地步。

能模仿到這種程度，不僅需要高超的技藝，還需要對他非常非常瞭解……

庾晚音跟過來的時候，就看見夏侯澹如同突然凝固了一般，站在棺槨邊一動也不動。

林玄英語聲低沉：「我原想著把屍體抬出去，當眾揭開偽裝給大家看看，免得日後再起什麼真真假假的流言。但我見那層面具已經被人揭過了，就先看了一眼……」

他摸到屍體臉上一層薄薄的面具，將之輕輕揭開一角。

北舟靜靜躺在他們面前。

庾晚音腳軟了一下，踉蹌著站住。

夏侯澹則仍舊低著頭，許久都沒任何反應。

林玄英想起與這便宜師兄相處的那些時日，再見到北舟這般死狀，心臟也是一陣揪緊。但他刀口舔血這麼多年，見慣了各種屍體的慘狀，深吸幾口氣也就鎮定了下來，「我讓人去查，找來一個太醫院的，說是知道些內情，陛下可要見見？」

蕭添采被帶了過來。

他侷促不安地行了禮，抬頭瞧見庾晚音時，又偷偷對她點頭致意。庾晚音愣了一下，想起他還不知道謝永兒的死訊，心頭彷彿又被插了一刀，用盡全力才維持住表情。

蕭添采道：「啟稟陛下，此人……北嬤嬤……北……北先生？」他自己被稱呼絆住了，小心翼翼地覷著夏侯澹的臉色。

夏侯澹道：「講。」

蕭添采只得自己選了個稱呼，「北先生是被中軍送進宮中給端王的。他當時扮作陛下的樣子，不僅僅是外貌，連言行舉止都學得惟妙惟肖，宮中沒有任何人看出端倪，端王也並未起疑。」

「端王當時應該是想要軟禁陛下，所以找了太醫替陛下……替北先生治傷。我作為弟子，也跟著去打下手。北先生傷得很重，氣息奄奄，脈象微弱，已是不太好了。但意識還清醒，與人對話時，完全就是陛下的樣子。師父替他把脈時雖覺得脈象和陛下有些出入，但並不十分確定，又因為畏懼端王，並未立即說出口。」

「回到太醫院後，師父左思右想，才告訴我脈象一事。我對端王……很是仇恨，便勸師父瞞下此事，任由端王繼續被蒙在鼓裡。」

「直到幾日之後，北先生傷情惡化，吐血昏迷了過去，宮女為他擦拭血跡時，無意中發現他臉上的偽裝。我當時送藥過去，恰好撞見宮人慌慌張張奔去稟告端王。我心知不妙，就用迷藥迷暈了門口侍衛，溜進去用針刺了北先生的大穴，將他弄醒過來，告訴他端王要發現了。」

「也是直到那時，我才知道原來他就是陛下身邊的北嬤嬤。」

「他也認出了我，面上不顯驚慌，只問我端王有沒有抓到真的陛下。我說沒有。他又讓我一定要治好陛下的毒症，我說……我自當盡力。他笑著稱謝，又說自己這幾日來一直在找機會殺了端王，無奈端王始終不露破綻，他又傷重無力。眼下只剩最後一次機會，想叫我幫忙。」

蕭添采說到此處，似是想到了當時的畫面，語聲多了一絲哽咽。

「我知道他要拚死一搏了，便又替他行了一遍針，逼出他身上僅存的內力。他讓我躲遠些別叫人發現，又躺回去裝昏，等著端王過來。」

「再後來，我躲得太遠，只瞧見端王是帶了一群手下一道進去的，沒過一會兒，其中一個手下的屍體就被抬出來了。所以我猜測，是端王狡詐，自己不敢上前，卻命手下去查探北先生的情況。北先生實在沒有辦法，最後只能帶走一個嘍囉……」

夏侯澹似乎打定主意要站成一具石像，站到天荒地老。

庾晚音等了片刻，輕聲讓林玄英帶走了蕭添采。她自己走到夏侯澹身邊，拉住他的手。彼此都冷得像冰。

夏侯澹道：「我明明已經告訴了他，我不是他的故人之子。」

庾晚音問：「……什麼時候？」

「最後一次分別前。」

庾晚音在心底長長地嘆息一聲，「北叔生命中的寄託太少了。也許在他心裡，你已經是他的孩子了。所以……他是心甘情願的。」

不知過去多久，林玄英又回來了，見他們還站在棺槨邊，搖了搖頭，上前運力推上了棺蓋，「別看了。算算日子，我師父這段時間也該出關了，我去送封信給他。他跟北師兄是至交好友，這棺槨在何處下葬，得聽聽他的主意。」

他拍了拍夏侯澹，「我師父很厲害，算準了很多事，或許他對你身上的毒也有良策。行了，別站著了，要不我給你找個沒人的地方，痛快哭一場？」

夏侯澹轉了個身，眼眶卻是乾燥的，「看好夏侯泊，可千萬別讓他死了。我得好好計畫一下，怎麼款待他。」

夏侯泊被關進天牢最深處的一間暗室，享受了由皇家暗衛親自看守的奢侈待遇。

這些暗衛在原作中也跟隨夏侯澹到了最後一刻，直到被端王趕盡殺絕。這一次，乾坤扭轉，他們倒是得以倖存。然而他們每個人都是北舟親自訓練出來的，見到夏侯泊，一個個恨得咬牙切齒，自然不會讓他好過。

暗室既無窗戶，也不點燈，黑得伸手不見五指，更無從判斷時間的流逝。

空氣中瀰漫著一股惡臭。

夏侯泊的輪椅早就被收走了，雙手也被縛住，只能躺在潮濕的草垛上。或許是因為高燒，他已經逐漸感覺不到雙腿的劇痛了。

除去排泄物的臭味，他還能聞到某種揮之不去的腐爛味——自己的軀體正從內部開始腐敗。

他汗出如漿，奄奄一息，在黑暗中徒然地瞪大雙眼。冥冥中他總有一種錯亂感，彷彿自己這一生不該是這個走向、這個結局。

不知何時，他墜入了幻夢之中。

那是一個逼真的夢。夢裡他頭角崢嶸，算無遺策地弄死了太后與皇帝。旱災來時，舉國餓殍無數，民不聊生；燕國乘虛而入，燒殺擄掠。但他，文治武功的攝政王，一舉打退來敵，又憑著至高聲望，帶領大夏百姓熬過艱難歲月，最終由太子禪讓皇位，成了一代明主。

他躊躇滿志地睥睨天下，身邊還站著一道纖細的倩影。他以為那是庾晚音，然而轉頭時，卻怎麼也看不清對方的面容。

正自疑惑，一盆冰水兜頭而下，他摔回了牢籠地面。

夏侯泊瞇著眼睛轉頭望去。

庾晚音手執燭臺，靜靜站在鐵欄外。緋紅的燭光自下而上映在她姣好的臉上，莫名透出一絲陰森。

沉默幾秒，夏侯泊嘶啞道：「我夢見妳預言過的畫面了。我站在萬山之巔，八方來拜。」

庾晚音近乎憐憫地望著他。

夏侯泊立即被這眼神激怒了，完好的半面上卻只露出哀愁，「晚音，到最後了，妳說一句實話，妳的『天眼』是真的存在，還是一個幌子？」

庾晚音笑了，「當然是真的。你剛才夢見的正是你原本的結局，很美好吧？早說你在做這個夢嘛，我這盆水可以晚點再澆的。」

夏侯泊：？

庾晚音道：「打斷你的美夢了真不好意思，不如我來補充一些細節吧。」

她貼心地描述起來，他是如何旗開得勝，麾下的中軍將士如何與他並肩作戰，君臣相得……

夏侯泊勉強維持的平靜終於繃不住了，「不用說了。成王敗寇，我以一介凡夫之身與爾等抗衡，到最後落敗了也無話可說。只是你們憑著天眼，暗中使奸計策反三軍，實非君子所為。」

庾晚音聽見夏侯泊居然要定義君子行徑，差點樂了，「忘記告訴你了，中軍並沒有背叛你。中軍千辛萬苦為你抓來陛下的時候，自己也不知道那個陛下是假的。」

她已經和夏侯澹想過了，當時北舟帶他逃出邶山後，因為重傷獨自離隊，選擇的正是北方——那是中軍趕來的方向。

如今站在北舟的視角，不難分析出他當時的計畫。假扮夏侯澹，是為了替他分散火力；故意被抓捕送入宮中，是為了刺殺端王；而選擇中軍，是為了挑撥離間。他是中軍抓來的，即使失敗暴露，至少也能在端王心中種下一顆懷疑的種子。

而他所料不差，這顆種子果然汲取了端王心中的涼薄殘忍，生根發芽，茁壯成長，最後結出了惡業之果。

北舟什麼都明白。

但他做出這計畫的時候，才剛得知夏侯澹的真實身分。那一刻他心中轉過了什麼念頭，他們卻永遠不會知曉了。

正如她永遠無從得知，謝永兒走出馬車去為她拖住木雲的那一刻，究竟知不知道自己在走向死亡。

庾晚音心中越痛，面上就笑得越開心，「你知道嗎，洛將軍直到咽氣，都以為你是被禁軍挾持了，而他在解救你。嘖，中軍將士若是在天有靈，得知你僅憑一點似是而非的懷疑，就恩將仇報，鳥盡弓藏……會做何反應？」

「我沒有——」夏侯泊的五官扭曲起來，「那是你們從中作梗！」

庾晚音充耳不聞，「實話說，到了那一步，無論中軍如何，勝負都已成定局了。即使陛下與我雙雙身死，右軍也會趕來送你一場煙花。」

夏侯泊想到他們手中那逆天的鬼東西，越發嫉恨得眼前發黑。

上蒼怎能如此偏心，讓他一生如螻蟻般掙扎，卻給夏侯澹如此厚愛？

庾晚音彷彿看穿了他的想法，「其實，你曾經有過一次翻盤的機會。老天爺為你送來過一個人，一個可能打敗我們的人。而她對你情根深種，準備好與你並立世間，琴瑟和鳴。」

夏侯泊的眼前驀地閃現出夢裡那道面目模糊的身影。有一個活潑的聲音在他耳邊說著：「永兒會陪殿下走到最高處……」

「住口。」他嘶聲道。

他要的是最好的，最好的——

所以，他甚至記不清她的長相了。

庾晚音漠然地望著他，「早在很久很久之前，你就親手葬送了自己唯一的勝算。」

夏侯泊突然爆發，「住口！若不是妳……若不是妳……」

他說不下去了，因為庾晚音唇邊浮現出一抹諷刺的冷笑。

夏侯泊深吸一口氣，「我已一敗塗地，還請娘娘自持，賜我一個痛快。」

「痛快？」庾晚音搖了搖頭，「我可不是來殺你的，我是來救你的。」

她轉頭示意暗衛打開牢門，點起燈火。

一群宮人與太醫苦著臉走進了鐵欄，捏著鼻子開始沖洗地面，為他擦身消毒。

庾晚音道：「你這兩條腿是不能要了，趁早鋸了，說不定反而能救你一命。」

庾晚音回憶著腦中那點現代醫學知識，又對太醫交代了幾句消毒和止血事項，然後讓宮人往夏侯泊嘴裡塞了團布，「端王殿下，千萬別死哦。只要活著，就還有翻身的希望，不是嗎？」

她惡意地微笑了一下，轉身朝外走去，穿過天牢長長的甬道時，身後傳來了被布團悶住的尖銳哀號。

這個截肢手術的結果傳到御前時，夏侯澹正在與李雲錫等人開會。

這幾人見了他自然是熱淚盈眶，百感交集。

夏侯澹強行攔住了李雲錫的過激舉動，正對他們交代著要事，太醫過來了，戰戰兢兢道：「端……夏侯泊撐下來了，但還需退燒醒轉，才算是性命無虞。」

夏侯澹揚起眉，「撐下來了？他還真是百折不摧啊。」

這句話說得彷彿在真心誠意地誇獎他，甚至還透出一絲由衷的喜悅。老太醫嚇得跪在地上不敢抬頭，開始反思自己救活夏侯泊究竟是對是錯。

接著便聽夏侯澹吩咐道：「截下來的那兩條腿，扔進鍋裡燉爛了，等他醒後端去他面前。除此之外，三日內別給他吃食。」

太醫告退時連路都走不直了。

李雲錫的臉色也白了，欲言又止了一下，似乎在斟酌要不要拿為君之道諫言一番。然而對上夏侯澹的眼神時，卻被一股無由的恐懼攫住，那已經張開的嘴唇硬是閉了回去。

那一瞬間，他感覺眼前的皇帝……是真的要瘋了。

第二十五章　鳳棲於梧

都城中百廢待興。

林玄英還在帶人巡查，將流竄的叛軍斬草除根。

最終贏家夏侯澹似乎並不打算慢中求穩，剛回到龍椅上，就迫不及待地開始了大清算。

端王黨澈底退出歷史舞臺。

有些資深太后黨，在太后倒臺之時將寶押給了夏侯澹，此時還沒來得及慶祝自己賭對了人，就等來了罷黜或貶謫。

盤根錯節的勢力被連根拔起，倖存了三朝的老臣被一褫到底。無數府邸被查封，無數私庫被撬開。

而先前那些與端王作對的文臣，有些被關在牢裡，有些躲在府中，還有些已經在回老家的路上，被一個個地召回來官復原職。除此之外，皇帝還拔擢了一批多年來苦熬在底層的官員，填補朝野空缺。

李雲錫等人以不可思議的速度空降到了高位。

皇帝剛神兵天降地除去了端王，而那邪門的「神兵」此時還在都城裡巡邏，正是勢不可當、威望最盛之時。所有人都被嚇傻了，這時別說是朝堂換血，就算夏侯澹要率軍搬走邯山去填海，也沒人敢質疑。

當然，這不是他如此心急的唯一原因。

如此粗暴的權力交接，確實有些操之過急。而以他處理端王餘黨的方式，少不得又要擔上暴君之名。

但有些事，他不想留給庾晚音去做。

庾晚音在研究輿圖。

他們盡力將傷亡控制在最低，但此番三軍叛亂，一路與各州守軍交戰，還是造成了一些破壞。那些損毀的城池道路正等著修補，新上任的工部尚書剛遞來摺子。

庾晚音想起謝永兒生前計畫的快遞和外送事業，便要來了輿圖，在主要道路上圈圈畫畫。趁此機會，正好可以規劃一下交通運輸。

她不知道憑自己有限的能力，能在有生之年將這個世界改變成什麼樣子。但如今原作中的內憂外患已經一一平靖，天下英才正朝麾下擁來，至少在肉眼可見的未來，一切都會朝好的方向發展。

身邊傳來動靜，啞女端來了茶壺為她添茶。

人靠衣裝，原本乾瘦如柴、蓬頭垢面的小偷，在拾掇清爽、換上宮女的衣裙後，居然也顯出了幾分少女的清秀。只是面色依舊蠟黃，一看就是長期營養不良所致。

庾晚音感念她一路上出的力，又怕她在宮中受人欺負，便將她收在身邊。啞女生性機靈，很快適應這份新工作。

庾晚音見她若有所思地瞥著桌上的輿圖，便招招手，「過來看看，找得到故鄉在哪嗎？」

啞女看了一下，搖了搖頭，也不知是想說「找不到」還是「不記得」。

她又指了指庾晚音。

「妳問我？」庾晚音想了想，自己的來處根本不在這個次元。她又在圖上找了找庾少卿府，也指不出在哪。最後只說：「我也不記得了。」

啞女：？

「不過沒事，現在我已經有了新家。以後，妳也會找到的。」

庾晚音想起夏侯澹那句「妳就是我的故鄉」，笑意剛浮現，轉瞬又變得黯然。

一切都在變好……只除了一件事。

都城裡的混亂平息後，她第一時間召見了蕭添采。

在他們離宮期間，蕭添采一直沒放棄過那個「以毒攻毒」的方向，成日撲在醫書堆裡翻找。

蕭添采道：「先前陛下身中的兩種羌國奇毒，我都找到了殘存的古方。但古方不全，而且其中幾味藥材名字極其古怪。再查下去，只查出是羌文，至於指的是何種藥材、大夏境內有沒有，就不得而知了。」他遞上自己謄抄的方子，「娘娘可否派人去羌國查探？」

羌國因為收留了燕王紮櫂瓦罕，此時正在被圖爾率軍征伐，殺得一片焦土。

即使她現在去信讓圖爾逐一拷問戰俘；即使他們撞了大運，真能從俘虜口中問出點什麼；即使圖爾立刻搜齊藥材寄回來——一來一去，至少也要三個月。

但距離夏侯澹上一次凶險的發作，已經過去了十日。庾晚音不知道他什麼時候就會毒發身亡，但多半，等不了三個月。

庾晚音道：「那你能不能猜測這幾味藥材的作用，在大夏找出替代品？」

蕭添采道：「……假以時日，或許可以。」

「假以時日？」

「至少三年。」蕭添采跪下謝罪。

庾晚音還能說什麼呢？她說：「起來吧，這不怪你。」

如今只能送信給圖爾，寄希望於一個奇跡了。

在她長久的沉默中，蕭添采幾番欲言又止，終於還是忍不住，「敢問娘娘，謝妃她……出行可還順利？」

庾晚音：「……」她不敢看他的眼睛，「離宮之後就失去了聯絡。」

蕭添采愣了愣，面露憂色，「啊。」

「我會派人去找她的。」庾晚音說著，攥緊了手心。

該不該告訴他？

該怎麼告訴他？

謝永兒死前特地讓他們瞞著蕭添采，當時說的是「他知道我死了，說不定會罷工」。

但或許，她真實的心思是不想讓他難過吧。

如果只當她斷了音訊，消失在天涯，至少還留了一份念想……

庾晚音心中還在糾結，蕭添采卻已經道謝告退了。

「等等。」庾晚音從袖中取出一封信遞給他。

這是謝永兒離宮前夜，託付她轉交的信。這一路上顛沛流離，她一直貼身保管，終於完整地帶了回來。

蕭添采一刻也不願多等，甚至當著她的面就拆開讀了起來。

庾晚音不知道謝永兒會寫些什麼，忐忑地覷著他的臉色。

蕭添采讀著讀著，居然燒紅了面頰。他慌亂地收起信紙，告退時險些同手同腳，卻掩藏不住眼神中的雀躍。

庾晚音一動也不動地站在原地目送他離開。

一切都在變好……只是那個美好的未來裡，沒有他們的容身之所。

又過兩日，林玄英突然稟告：「家師來了，正在宮外等候傳召。」

夏侯澹親自去迎，庾晚音精神一振，也跟了過去。

無名客長得仙風道骨。一身布衣，鬚髮皆白，偏偏從面容又看不出年齡。一雙吊梢狐狸眼，含笑的目光逐一掠過幾人，卻又像是穿過了他們的身軀，望進了虛無之所。

簡而言之，長了一張指路NPC（非玩家角色）的臉。

四目相對，卻是夏侯澹先行了一禮，「久仰先生之名。」

眼前之人先後為他們送來了林玄英和北舟，確實當得起這一禮。

無名客並不像許多傳說中性情古怪的高人，他溫和地回了一禮，道：「陛下，娘娘，辛苦了。」

庾晚音一怔，只覺得他這一聲洞察一切的慰問，也很有指路仙人的風範。

幾人身畔掠過一陣勁風，是林玄英越過他們，一個助跑飛撲了過去，「師父！」

無名客抬起一根手指，猶如豎起了一面氣牆，愣是將他擋在半空不得寸進，「阿白，出師數年，怎麼功力沒什麼長進？」

林玄英大呼冤枉，「我容易嗎！要練兵，還要打仗，還要到處找解藥……」

提到解藥，庾晚音連忙望向無名客。對方卻並無反應，只是微笑道：「你做得很好。」

林玄英立即膨脹了，「確實。」

無名客：？

片刻後，幾人站在北舟的棺槨前。

無名客端端正正上了一炷香，輕聲道：「數年前一個雷雨夜，我在山頂意外見得天地之變，陰陽之化。那一卦耗盡我半生修為，不得不閉關數年。異世之人遠道而來，對此世來說，卻是意外的轉機。然而潛龍勿用，陛下初來乍到，命格重寫，中有大凶之劫。」

他微微一嘆，「欲涉大川，當有益道。北舟陪伴陛下渡過此劫，也是求仁得仁了。」

庾晚音似懂非懂，忍不住問：「先生勸北叔來都城找陛下時，已經知道他會……擋災而死了嗎？」

無名客沉默不語，面現悲憫。

庾晚音有些不能接受。

勘破天機者，卻不能救人，甚至還要從中推波助瀾，引領他們走向既定的結局。既然如此，勘破又有何意義？

無名客轉身望著夏侯澹，「北舟曾對我說過，他身死之後，希望能葬在故人身邊，永遠陪伴她。還望陛下成全。」

夏侯澹點頭應了。

庾晚音心中湧現出無數疑問。

無名客能算出所有人的命運嗎？那他知道夏侯澹的未來嗎？這未來還有多長？能改變嗎？

他勘破天機後送來了林玄英，而林玄英這麼多年四處求解藥，卻依舊對夏侯澹的毒無能為力。這是不是意味著，無名客也束手無策？

又或者，夏侯澹存在的意義就是為這片天地帶來新生，然後像流星一樣消逝？

然而他們已經走投無路，僅存的希望就在眼前。

庾晚音張口欲問，卻被夏侯澹搶了先，「依先生之見，夏侯泊該如何處置？」

無名客道：「帝星復明之前，國之氣運一直懸於武曲、貪狼。而今貪狼已隕，武曲暗淡。但氣運仍未完全歸攏，此時若讓他死於非命，武曲寂滅，恐傷國祚。萬望陛下三思。」

夏侯澹道：「難道為了世界照常運轉，必須養他到壽終正寢？」

「事無絕對，只消帝星歸位後……」

夏侯澹舉起一隻手，「慢點死就行？」

無名客道：「是這個意思。」

他瞇起眼睛捋了把雪白的長鬚，「人法地，地法天，天法道，道法自然。天地之間自有大勢，猶如洪流，湯湯然而莫能遏。如果逆流而行，常如螳臂當車，無從破局。」

庾晚音總覺得他意有所指。

她憋了一路的問題就在嘴邊，此時卻不敢問出口了。她害怕答案是「聽之任之」。

無名客恰在此時道：「順天命之所指，此之謂聞道也。」

庾晚音的心一沉——說這句話時，他的眼睛直直望著自己，其中似乎有詭祕的笑意。

無名客輕聲問：「記得我當年寄來的那二十四字嗎？」

皇命易位，帝星復明。熒惑守心，吉凶一線。五星並聚，否極泰來。

或許是因為聽多了無名客神神道道的禪機，這天夜裡，庾晚音做了一個夢。

她在穿行過一條狹窄的長廊，迎面遇到的宮人每一個都神情焦灼，一副大難將至的模樣。他們如此惶急，以至對她行禮都很敷衍，更無人張口問她為何來此。

她的手在袖中打戰，掌心被冷汗打濕，不得不更用力地捏緊手中的東西。

她要做什麼？

——去殺一個人。

為何要殺他？

——想不起來，但必須去，馬上去。

「庾妃娘娘，陛下正等著呢。」安賢推開門來，朝她行禮。

安賢？安賢不是被端王擰斷了脖子嗎？自己又何時變回了庾妃？

庾晚音隱約意識到這是夢境，然而夢中的四肢卻脫離了自己的掌控，一步一步地朝著那張龍床邁去。

不能去，快停下！

她撩開床幔，顫聲道：「陛下。」

床上形如枯槁的人動了動，一雙陰沉沉的眼睛朝她望來——

庾晚音喘著粗氣彈坐而起。

「晚音？」睡在旁邊的夏侯澹迷迷糊糊地睜開眼。

庾晚音仍然僵直著，發不出聲音來。

夏侯澹支起身，讓守夜的宮人點起燈燭，又把人揮退了，轉頭望著她，「怎麼臉色這麼難看？做噩夢了嗎？」

「你還記不記得……」庾晚音發現自己聲音嘶啞，「剛認識的時候我告訴你，《穿書之惡魔寵妃》裡的暴君是在全書結尾處死於刺殺？」

「嗯，但妳當時想不起刺客是誰了。」

庾晚音艱難地張了張嘴，又閉上了。

她剛剛想起來是誰了。

原作中的她對端王一往情深，卻處處被謝永兒壓過一頭，始終得不到心上人的青睞。

她幾次三番作死後，端王甚至對她心生厭惡，直言再也不願見到她。

絕望之下，她送了端王一份終極大禮。

她用淬毒的匕首刺傷了夏侯澹，給了端王一個名正言順入宮勤王的機會。

暴君傷重而亡，妖妃卻也沒能善終。端王不允許自己光輝的一生裡留下謀逆的污點，賜了她三尺白綾給暴君陪葬。

是啊，一切都是毒婦作亂，偉大的救世主別無選擇，只好含淚登基。

儘管知道這段劇情只屬於原作，庾晚音還是被這個夢的內容和時機噁心到了。

夏侯澹問：「夢見什麼了，要不說給我聽聽？」

「……沒什麼。」庾晚音說不出口，低聲咕噥，「就覺得很奇怪，為什麼偏偏是在今天，見過無名客之後……」剛見過一個神棍，轉眼就夢到早已遺忘的劇情，讓人很難不視之為某種徵兆。

她不肯說，夏侯澹也就不再追問，「沒事，夢都是假的。妳只是最近心情不好。」

他點評得客觀極了，彷彿她「心情不好」只是因為晚飯不合口味，而不是因為自己快死了。

庾晚音籲了口氣，「睡吧。」

正如他所說，這段劇情當然不可能發生。謝永兒已死，夏侯泊已殘，原作中所有的天災人禍都被扼殺在了搖籃裡。他們已經改命了，甚至連天上那所謂的「五星並聚」都已經過去了……

庾晚音渾身一震，再次坐了起來。

不待夏侯澹問詢，她跳下床飛奔到窗邊，推開窗扇朝外望了出去。

夏侯澹道：「妳怎麼連鞋都不穿？」

視窗視野受限，庾晚音看了半天沒找到，又衝出後門。

夏侯澹披頭散髮追了出來，為她罩上大氅，「祖宗，穿鞋。」

庾晚音站在院中冰冷的石磚地上，凝固成一尊仰頭望天的雕像。

夏侯澹跟著她向上望，「……啊。」

夜空中熟悉的方位上，五顆主星閃爍著冰冷的光，連成一條完美的直線。

他們上一次確認的時候，這條線的尾巴還是拐彎的。當時她以為五星不再並聚，代表那一劫已經過去。卻沒想到，它是尚未來臨。

夏侯澹瞇了瞇眼，「沒記錯的話，這是君王遇刺之兆吧。」

庾晚音打了個寒噤，腦中飛快檢索著與無名客有關的一切記憶。

鬼使神差地，耳邊迴響起林玄英對夏侯澹說的話：「我師父還有一句話託我帶到：你們的相遇或許並非幸事。」

她的心臟直直朝下墜去，墮入不見底的深淵。

無名客讓他們順天命之所指，這「天命」難道指的是原作劇情？

那神棍特地指點她刺死夏侯澹？

庾晚音出離憤怒了。

她轉頭四顧，開始考慮半夜召見無名客的可行性。

夏侯澹看看天，再看看她，似乎已經明白了什麼，笑了一聲。

黑夜裡，他蒼白得像一縷遊魂，神情卻很平靜，「五星並聚，否極泰來——對這世界來說，失去一個瘋王，得到一個女帝，的確是否極泰來了。」

「不許瞎說！」庾晚音怒道：「你活下去才算否極泰來！」

夏侯澹息事寧人道：「好，妳說了算。把鞋穿上。」

庾晚音：「……」

自從重逢以來，夏侯澹在她面前一直表現得……相當淡定。

他像是沉浸在熱戀中的毛頭小夥子，得空就與她膩在一起，該吃吃，該喝喝，歲月靜好，及時行樂。

他似乎打定主意要對那近在眼前的死別視而不見。偶爾庾晚音情緒低落，他還要插科打諢將話題岔開。

庾晚音終於穿上了鞋。

「冷死了，回吧。」夏侯澹將她拉進屋，塞回被窩裡，「實在睡不著，不如幹點暖和的事？」

庾晚音：？

庾晚音問：「你不想談談這件事嗎？」

「哪件事？刺殺？」夏侯澹舒舒服服地躺回她身邊，「我倒想著真到了那時候，與其發著瘋號叫個十天半月才死，倒不如求一個痛快。說不定是我求妳動手呢。」

庾晚音被他輕描淡寫的語氣刺得心絞痛，「你覺得我會對你下手嗎？」

夏侯澹思索了一下，「確實難為妳了。沒事，我怎樣都行，隨妳樂意吧。」

庾晚音腦中那根弦斷了。

「樂意。」她輕聲重複。

夏侯澹愣了愣，試圖找補：「我不是那個意思……」

「你問我是樂意親手殺了你，還是樂意眼看著你慢慢咽氣？」

夏侯澹慌了，他僵硬著看了她片刻，才想起翻找帕子。

「真要隨我樂意，你就該在第一天把我逐出宮去，或者等你死了我再來！我不樂意認識你，不樂意吃小火鍋，不樂意上你的當，不樂意讀你的信……」

夏侯澹終於找出一張繡帕，訕訕地遞過去，庾晚音卻不接。

她憋了太久，終於一朝爆發，哭得渾身發抖，「你怎麼對我這麼狠呀？」

夏侯澹沉默片刻，將她擁進懷裡，溫聲道：「萬幸的是，皇后胸懷博大，定能以德報怨，應天從民，千秋萬歲。」

「我不能！」

「妳已經可以了。阿白彙報過，在我歸隊之前，妳一個人也能獨當一面。以後還會更好的。」他在她背上輕輕拍撫，「別哭了，我給妳賠不是，成嗎？如果這個世界有輪迴，欠妳的來生一定償還。」

「我不要來生，我要今生今世。」庾晚音不知道在找誰討要，也顧不得自己聽起來蠻不講理，像求人摘月亮的孩子，「我要你留下，陪我——」

夏侯澹：「……」

夏侯澹低聲道：「我比任何人都更想留下。」

庾晚音抽噎了一下，依稀聽出他聲音的異樣，掙脫他的懷抱看去。夏侯澹雙目含淚，溫柔而無奈地望著她。

「可是我也沒有辦法。」

庾晚音忽然意識到，她不應該辜負夏侯澹的苦心的。夏侯澹如此努力地要留下一段笑著的回憶，供她聊作慰藉，她卻讓他哭了。

她慢慢平復呼吸，接過繡帕擤了下鼻涕，「算了，那你就好好補償我吧。」

九盡寒盡之後，天氣漸漸回暖。

寄給圖爾的密信仍舊沒有收到回音。羌國戰局混亂，他們甚至無法確定圖爾有沒有收到信。

皇帝只要不在理朝，就抓緊一切機會與皇后約會。遊湖賞月，踏雪尋梅，繡被薰籠，不亦樂乎。

夏侯澹的狀態肉眼可見地惡化了。他的進食和睡眠一天天減少，熬得眼窩都深陷了下去，越發接近噩夢中的那個暴君形象。庾晚音清楚，他的頭痛正在朝那個臨界點加劇。

但他從不在庾晚音面前流露出一絲半點的痛苦，實在忍不住了，就消失一陣子。庾晚音只當不知。

她已經哭過一場，此生都沒有第二場了。

欽天監在皇帝的授意下，就近算了個封后嘉禮的吉日。

這場空前絕後的典禮，從準備階段就震驚朝野。皇帝似乎要彰顯天威，慶祝遲來的掌權，還要向天下昭示皇后的榮寵，澈底為她洗去妖后私通的汙名。

這場嘉禮代表著新時代的開端，所以它要氣象盛大，還要別出心裁。不求莊嚴古板，但求雍容爛漫。

剛剛換血的六部接下了職業生涯第一場考驗，馬不停蹄地緊急協調。

金玉禮器與錦繡儀仗一車車地運進宮門，一同出現的還有冬日裡不常見的奇珍花草，從舉國各地長途運來，將整座皇宮裝點得斜紅疊翠、香影搖曳。

大殿間從嘉禮前三日起就氤氳著清潤的芬芳，皇帝親率文武百官齋戒薰香，告祭天地。

到了典禮當日，八音迭奏，繁花鋪路，織毯從宮門一路延伸到禮堂。盛裝打扮的皇后款款行來，碎金寶光如天河之水，自她的鳳冠上傾瀉而下。

庾晚音微昂著矜貴的頭顱，一路穿過匍匐的人群，祭服長長的裙擺曳地，像捲起了一場幻夢。

負責保護的林玄英神情複雜，目送著她昂首走向孤獨。

冗雜儀式後，皇后拜於香案，行六肅三跪三拜之禮。皇帝將她扶起，與之攜手並立，接受朝拜。

年方八歲的小太子低眉順眼地上前行禮。

自從太后身死，他許是得了高人指點，一下子變得安分守己。不僅在夏侯澹面前哭著檢討，還置辦了一堆賀禮送入庾晚音的寢宮，一口一個母后叫得恭順，似乎要表明當好一個小傀儡的決心，讓人暫時尋不到由頭廢了他。

眾臣跟著山呼皇后千歲，埋下去的臉上神態各異，戒備者有之，尊崇者亦有之。死裡逃生的庾少卿一家熱淚盈眶，接觸過皇后本人的年輕臣子們一臉欣慰。

按照傳統，嘉禮到此就圓滿結束了，但夏侯澹顯然並不滿足於此。他笑道：「難得的好日子，朕與皇后設了宮宴，請眾愛卿同慶。」

於是宮宴又從晌午一直持續到夜裡，珍饈美饌、金漿玉醴，雪水中湃過的甘甜供果，如流水般呈上。

這不管不顧的奢靡作風，看得李雲錫眉頭緊鎖，直呼成何體統。

夜幕一降，喝到半醉的夏侯澹忽然笑嘻嘻道：「皇后，看朕變個魔法。」

他大手一揮，四面花影間忽而升起萬束流光，當空團團綻開。

臨時改良過的焰火花樣奇巧，火樹銀花，重重疊疊，一波接著一波，映得滿天星月暗淡無光。

眾臣驚呼連連，有人乘醉大笑，有人即興作詩。

李雲錫被楊鐸捷搭著肩膀高聲勸酒，已經沒脾氣了。

罷了……讓他們高興一回，明日再勸吧。

庾晚音也被敬了不少杯酒，儘管只是果釀，喝了這麼久，也已經歪著腦袋視線模糊了。

朦朧視野中，焰火光影在夏侯澹酡紅的側臉上流換，往來喧囂都隨之岑寂。邈遠的高處，天心鉤月澄澈無塵，垂憐著這一片綺麗的煙火人間。

「皇后可還滿意？」夏侯澹湊近她耳邊笑問。

是補償，也是贈禮，日後風雪如刀，也可從餘燼中取暖。

庾晚音只覺喝下去的溫酒灼熱起來，將她的五臟六腑文火炙烤。

夏侯澹不等她回答，又牽起她的手，「讓他們喝，我們先溜了。」

離開那一片喧囂後，耳朵不能適應突如其來的安靜，還在嗡嗡作響。

帝后二人讓宮人遠遠跟在後面，慢悠悠地踱過回廊，散步消食。煙花已散，碧沉沉的月光重掌大權，將御花園照成了一片淨琉璃世界。

庾晚音知道此情此景，應該談情說愛，再速速回屋滾上三百回合，但酒精放大了人心底的貪欲，更讓唇舌變得不受控制，她一開口，卻是一句：「如果不是在這本書裡……」

她還不滿足，還想要更多。

無名客的預言、身不由己的噩夢，又喚醒了她那份存在的危機。如果一切都是註定的，那他們只是在角色扮演嗎？這一份感情中又摻雜了幾分「命定」？

庾晚音一來這個世界，就進入了地獄模式，被迫為了存活而鬥爭。夏侯澹是她唯一的同類、天然的戰友，他們走到一起，彷彿是天經地義的事。

如今她終於有餘暇戀愛腦了，可以糾結一些令人著惱的細節了。

比如他們的相知相戀對夏侯澹來說，是天經地義，還是別無選擇。

如果他們不曾來到這個世界，如果這世上還有其他同類，他還會心無旁騖地愛上她嗎？

事到如今再尋思這種問題，顯然已經太晚了。她不知道自己為何突然如此渴求一個答案，也不知道誰能作答。

她還沒組織好語言，夏侯澹卻已經接過了話頭：「如果不是在這本書裡，二〇二六年，我也工作幾年了，我們大概可以在捷運上相遇吧。」

庾晚音：？

夏侯澹悠閒地看著庭中月色，語氣神往，「那天捷運特別擠，我站著滑手機，忽然發現面前坐了個女孩，在拿著手機看小說。不知是讀到什麼內容，她邊看邊樂不可支，我忍不住多瞟了一眼，發現她長得很可愛。」

庾晚音笑了，順著說道：「她肯定不喜歡被人偷看，說不定會抬頭瞪你一眼。結果發現是個帥哥，於是默默原諒了你。」

夏侯澹道：「那我可就得寸進尺，開口要電話了。她會給我嗎？」

「……不好說。」

「求你了，我不是奇怪的人。」

庾晚音忍俊不禁：「行吧行吧。」

「太好了。我會跟她聊小說，請她看電影，帶她吃遍全城十佳小火鍋。每次見面，她都顯得更有趣一點。每一天，我們都比前一天更合拍。然後，要是見她不討厭我，我就開始送花，一束一束，很多很多的花。」

夏侯澹目不轉睛地望著她，像在用話語描摹一個美好的幻境，「我最多能忍耐多久呢？三個月，還是四個月，又或者是半年？某天回家的路上，我會緊緊抓住口袋裡的戒指盒，對她說：『我無法想像沒有妳的餘生了。』我偷偷觀察著她的反應，要是她不答應……我就再忍忍。」

庾晚音笑出聲來：「不可能，你是這麼的人嗎？」

「我怕她不答應。」

或許是酒精的作用，又或許是因為夜色太過旖旎，庾晚音的心跳得飛快，已經消退的緋紅又攀上她的面頰。

她忽然抵受不住身側直勾勾的目光，略微偏過頭去，「可惜這裡沒有捷運，也沒有電影。」

「但戒指還是有的。」

夏侯澹緩緩單膝跪下，遞上一枚戒指。

庾晚音一眼瞧見其上長羽舒展、振翅欲飛的鳳凰，細看之下，才發現鳳羽間疏朗的梧桐枝葉。

鳳棲於梧，清致高華。

最古老的禮讚，勝過萬千風雅情話。

祭服未褪的君主認真地仰頭看著她，「妳願意嫁給我嗎？」

大風忽起，載著他們遙渡前塵。頭頂星河搖墜，擊出恢宏的鐘磬之音。

說好了再也不哭的。

庾晚音抬手遮住眼睛，「我從一開始就是你的妃子呀。現在還是你的皇后……」

「那怎麼夠？」夏侯澹笑著為她套上戒指，「我還要妳做我的新娘。」

第二十六章　以毒攻毒

無名客在都城小住了數日，一直等到北舟停靈結束，入土為安。

夏侯澹趁著這一屆朝臣還不敢非議，直接拍板，以親王之禮葬之。

北舟風風光光入了皇陵，但那個華麗的墓穴卻只是衣冠塚。他的屍骨被悄然埋在慈貞皇后旁邊。

至此，都城之變畫上句號。

林玄英重新整頓了投降的三軍，帶著新封的將軍名號，回南境收拾殘局了。他們都知道不久後這帝位還得換，為免生亂，需要早做準備。

無名客左右無事，決定陪弟子走一道，順帶指點他修行。

帝后二人將他們一路送出城外。

林玄英在長亭裡與夏侯澹乾了一杯，心中知曉這八成就是死別，嘴裡卻說不出什麼煽情之語，憋了半天，只能說一句：「放心去吧，我不會帶走她的。」

夏侯澹道：「……我謝謝你。」

與此同時，庾晚音也將無名客單獨帶到無人處說話。

庾晚音道：「陛下已昭告天下，念在手足之情不殺夏侯泊，只將他終生囚禁。我們會儘量不用重刑，留他苟延殘喘個幾年。」

無名客躬身一禮，「在下替天下蒼生謝過娘娘。」

風吹長草，他白衣飄飄，儼然一副事了拂衣去的姿態。

庾晚音面無表情地看著他，目光奇異，輕聲問：「先生做的所有事，並非為了某一人，而是為這方天地請命，對嗎？」

無名客拂須道：「天地自有緣法而不言，吾等肉體凡胎，能僥倖窺見一二，也是受天意所託，因此不敢不竭力而為。」

「我明白了。」庾晚音道：「先生至今不為陛下指明生路，想來也是這片蒼天並不在乎他了。」

無名客眼皮一跳，「娘娘慎言。」

庾晚音笑了，「只是實話實說罷了。將人騙進來十年，吸乾心血，用完就扔——」

天際響起幾聲悶雷。

庾晚音索性抬起頭，直直朝上望去，紅唇一抿，挑起一個諷刺的笑，「所謂天道，竟如此涼薄。」

無名客驚了。

他當了大半輩子世外高人，沒見過如此膽大妄為的主兒。這是不要命了嗎？

庾晚音卻又朝他肅容道：「先生可否為陛下算上一卦？」

「……固所願也，實在是所求無果……娘娘，」無名客深思片刻，只能把話攤開些，「帝星歸位，只需要一顆，娘娘心中難道不知？」

「我當然清楚。我來了，所以不必保全另一人了。」庾晚音點評道：「真是打得一手好算盤。」

悶雷聲聲猶如羯鼓，開始朝這個方向滾動。遠處，右軍隊伍中的馬匹不安地騷動起來。動物心智未開，反而更容易察覺冥冥中暴漲的洪荒之怒。

庾晚音鎮定地站著，氣息幾乎停滯——

然後，她舉起一把槍。

無名客淡然以對。

直到她掉轉槍頭，抵住自己的腦門。

無名客：？

庾晚音道：「陛下若是死了，我便隨他而去，你們自去找下一個救世主吧。」

無名客驚愕幾秒，又恢復鎮定，高深莫測道：「娘娘不會下手的。」

庾晚音二話不說扣下了扳機。

無名客猛然色變——

庾晚音丟開那支沒裝彈的槍，笑道：「原來先生也有看走眼的時候。」

不等無名客做出反應，她又舉起第二把槍，「先生不妨掐指一算，這一回有沒有彈藥。再仔細算算，我會不會下手。」

無名客：「……」

無名客深呼吸，「娘娘不應如此。局勢才剛穩定，這也是陛下嘔心瀝血換來的成果，娘娘若是撒手不管，這一切就毀於一旦了……」

庾晚音道：「不應如此，但我樂意。」

無名客終於急了，「這是逆天而行！」

「你錯了，這不是逆天而行，這是要天順我的意。」庾晚音在大風中衣髮俱揚，一字一句道：「我們社畜可以包容一切客戶，除了不付錢的。想讓我坐這個位子，就得把我要的給我。」

這段發言的囂張程度已經超出了無名客的認知，他一時間甚至不知該如何作答。對方此言彷彿並不是對著自己，而是豪指雲霄，與天殺價。至於他，只是個夾在中間的傳話人。

陣雷不絕，如萬面鼓聲。四野長草如濤，在風中升沉。

庾晚音確實沒有等他回答的意思，又行了一禮，心平氣和道：「請先生起卦。無論這一卦有沒有結果，我都算是收到回覆了。」

無名客考慮了很久，從了。

他定了定神，沒去翻找法器，而是仰頭望向伴著雷聲貫穿天際的道道銀蛇，屈指掐算。

閃電由遠及近，在他們頭頂狂舞，閃得視野忽明忽暗。無名客站得紋絲不動，口中念念有詞。庾晚音觀察了一下，猜到他在以數起卦。

她不打擾也不催促，只是站在一邊靜靜等著，手中的槍始終沒有放下。

不知過了多久，無名客收了手，脫力般搖晃了一下。

庾晚音問：「先生？」

「雷水解。」

庾晚音呆了呆，不解其意。

無名客道：「進退不決，當以進為先。」

話音未落，頭頂一道炸雷劈下，砸在他們五尺開外，將那一片地變作焦土。

無名客當場跪下了。

「什麼事進退不決？」庾晚音連忙追問。

又是一道炸雷。無名客一躍而起，轉身便走，擺手道：「不可說了！轉機到了娘娘自會察覺！」

庾晚音還想追問，然而無名客身形如鬼魅，眨眼間已晃出了幾丈遠，再一眨眼連人影都快瞧不見了。

他也不知是在躲天罰還是躲庾晚音，連林玄英都不等了，自顧自地絕塵而去。

好不容易得來的一句指點，卻依舊語焉不詳。

庾晚音嘆了口氣，只得自行琢磨。

回宮路上，她一路沉思著自己究竟在哪件事上「進退不決」，甚至沒有注意到夏侯澹異常的沉默。

一下馬車，夏侯澹就開口道：「我去開個會。」

他一直到天黑都未歸。庾晚音照例等他一道用晚膳，卻只等來一句傳話，讓她自己先吃。

她知道夏侯澹的頭疼又嚴重了。最近幾日他消失得越來越頻繁，人已經瘦到了臣子上奏都要加一句保重聖體的程度。即使與她共處時，也總在強顏歡笑。

庾晚音焦躁起來，晚膳沒咽下幾口，趴在床上一邊等著夏侯澹，一邊翻來覆去地找線索，連什麼時候睡過去的都不知道。

再被喚醒時已是午夜，枕邊依舊是空的。

喚醒她的暗衛聲音顫抖：「娘娘，陛下他……」

庾晚音一個激靈清醒過來，匆匆起身披上了外袍，「帶路。」

夏侯澹在一間不住人的偏殿裡。

這偏殿外頭看著不起眼，走進去方知戒備森嚴。庾晚音一見這些侍衛的陣勢，心臟就開始縮緊。

室內一片狼藉。摔碎的器皿、翻倒的屏風散亂一地，尚未收拾。皇帝被綁在床上，氣息奄奄，已經陷入昏迷。

他的身上、額上又是一片血肉模糊，就連雙手的指甲都磨損裂開了，慘不忍睹。蕭添采正為他包紮，轉頭見到庾晚音的臉色，連忙跪下。

庾晚音深呼吸幾次才能發出聲音：「為什麼不行針讓他睡去？」

蕭添采道：「陛下這回發作不比往日，行針已經不起作用了。微臣開了安神的藥，加了幾回劑量強灌下去，剛剛才見效……」

他小心翼翼道：「娘娘，陛下體內毒素淤積，已入膏肓，這一次……」

這一次是真的不行了。

燭火拖長了庾晚音的影子，像要扯著她沉沉地朝下墜。

她聽見自己聲音冷靜地問：「還有多久？」

「……這毒在腦子裡，或許這兩日便會渾身癱瘓，接著便是神志不清，甚至還會眼瞎耳聾，至多拖上十天半月……」蕭添采咬緊後槽牙，神色中也有內疚與不甘，「微臣無能，愧對陛下與娘娘重託，請娘娘降罪。」

庾晚音從他手中接過藥，坐到床邊捧起夏侯澹的手。藥粉撒在指甲翻開處的血肉上，連她都禁不住顫抖起來，夏侯澹卻昏沉著毫無反應。

庾晚音細緻地包紮了傷口，輕聲道：「繼續加藥，儘量讓他一直睡著。」

蕭添采以為她已經接受現實，只想減輕夏侯澹離去前的痛苦，只能沉重叩頭道：「是。」

庾晚音在偏殿一直陪到天亮才離開。

她又朝偏殿加派了暗衛，吩咐此處嚴禁出入。對外則宣稱皇帝偶感不適，今日不朝。

國事剛剛步入正軌，早朝雖然取消，許多事務卻依舊需要人拿主意。

庾晚音回了趟寢宮梳洗更衣，準備去見人。

啞女服侍著她褪下外袍，愣了愣，忽然一把抓住她的胳膊上下察看。

「怎麼了？哦，」庾晚音這才看到自己袖口的血跡，見啞女還在找傷口，安慰道：「不是我的傷。陛下……陛下不慎跌了一跤，蹭破了。」她幾秒內拿定主意，將這句作為對外統一說辭。

啞女瞧了瞧庾晚音的表情，沒再表示什麼，只在她換完衣服打算離開時又拉住了她，端來一碗溫熱的甜粥並幾道小菜。

庾晚音恍然間想起自己已經許久沒有進食了。她揉了把啞女的腦袋，一口乾了甜粥，心緒稍定。轉頭望著陰沉的天色，自言自語般喃喃道：「再給你最後一天。別不識好歹，明日我就罷工。」

啞女：？

庾晚音代批了一遝急奏，又召人詢問圖爾的消息，結果依舊是沒有回音。那所謂的轉機，彷彿只是無名客為了脫身而編出來的說辭。

庾晚音揮退了旁人，忽然趴倒在御書房的桌案上，一動也不動。

過了片刻，身後傳來輕微的腳步聲。

庾晚音警覺抬頭，「誰？」

「娘娘。」一名暗衛也不知是從何處冒出來的，低頭朝她行禮。

「十二？」庾晚音認出了他的臉，「今日不是你輪班吧？」

十二道：「陛下早有吩咐，若他病倒，娘娘身邊的暗崗也要立即增加。因為是密令，所以屬下今日藏在暗中保護，請娘娘勿怪。」

「那你現在怎麼出來了？」

「稟娘娘，那位啞女方才從寢宮消失了一刻鐘。」

庾晚音的心突地一跳。

十二道：「她一向滑溜，又似乎看準了其他暗衛所在，閃身極快，從他們看不到的死角裡脫身了。只有屬下是今日新增的人，她沒有防備，讓屬下瞧見了她一閃而過，去了小藥房的方向。」

所謂小藥房是近日才改造出來的一間屋子，只為夏侯澹一人服務。夏侯澹病情漸重，要喝大量安神止痛的藥。有心人若是翻看藥渣，就能判斷出他情況極差。所以為了保密，這小藥房的位置極為隱蔽，普通宮人根本找不到。

庾晚音心中的疑竇越來越大，「陛下那邊沒事吧？」

十二道：「娘娘放心，偏殿此刻如同銅牆鐵壁，沒人混得進去。」

庾晚音冷靜下來，凝神思索。

其實到這一步，任何異狀都不可怕，可怕的是毫無異狀。如今線索已經出現，只是還需要順藤摸瓜才能找到謎底。

時間緊迫，她吩咐十二：「讓偏殿把小藥房今日送去的藥全部倒掉，重新煎過。繼續監視啞女，但是不要打草驚蛇，沒我的命令不許出來。」

結果這一日接下來的時間，啞女卻又老實了。

入夜後夏侯澹在偏殿裡醒過一次，睜眼的第一秒就拿頭去撞床柱。

他身上的綁縛已經鬆了，此時驟然動作，四周宮人猝不及防，硬是讓他結結實實撞了兩下才撲過去按住他。

庾晚音試圖餵他喝藥，夏侯澹卻不斷掙扎，雙眼對不上焦，口中發出野獸般的嘶吼。

庾晚音喚了幾聲，他恍如未聞。最後還是被暗衛掰開牙關，用蠻力灌下去的藥。

他重新昏迷後，身經百戰的暗衛都紅了眼眶，擔憂地偷看庾晚音。

庾晚音呆立了片刻，「他不認得我了。」

暗衛喃喃找話安慰她。

庾晚音只覺得荒誕，「他對我說的最後一句話是……他去開個會。」

她麻木地轉了個身，走了。

庾晚音回到寢殿，神色如常地跟啞女打了聲招呼：「今日有些乏睏，我先睡下了。」

她躺在床上一動不動，指望著啞女能放鬆警惕，再度溜出去行動——無論那行動是什麼，情況都不會更糟了。

然而等了兩個時辰，始終沒有動靜。

庾晚音身上漸漸發冷，在被窩裡縮成一團。

轉機快點出現吧。再遲一些，就沒有意義了。

厚暖的被窩鎖不住熱氣，漸漸變成了冰窟。庾晚音牙關打戰，惱恨自己在這種關頭撐不住，居然發起燒來。想叫人去請太醫，又怕驚動了啞女……

突然間她呼吸一滯，亂成一團的腦海中浮現出一段模糊的記憶。今日早晨，自己是不是喝過一碗甜粥？

床簾外透入朦朧的亮光，有人點起了燈燭。一道瘦小的人影接近過來，掀開了簾布。

啞女站在床邊，一臉關切地看著她。

庾晚音努力抑制著牙關的顫抖，緩緩從被窩裡抽出手，將槍口對準她。

啞女視而不見，問：「娘娘，不舒服？」

直到此時，庾晚音才知道啞女並不是啞女。同一時刻，她也明白了對方為何會扮作啞巴——這短短一句話說得支離破碎，帶了明顯的異域口音。

啞女也不管庾晚音做何反應，微笑道：「妳，中了毒，開始發抖後，一炷香，就會死。別擔心，我有解藥。」

庾晚音剛一張口，啞女抬起一根手指，「小聲，妳的人，別過來。」

庾晚音頓了頓，果然放下了槍，將聲音壓得極低：「妳想要什麼？」

啞女滿意地點點頭，「妳去殺了皇帝。他死了，妳就能活。」

庾晚音思緒飛轉，一些零碎的線索串了起來。

對方的口音、初見時那恨不得置人於死地的敵意、半路上發現自己身分之後突然轉變的態度……

庾晚音道：「妳是羌國人。」

這不是一個問句，所以對方沒有回答。

庾晚音搖晃著坐起，將被子裹緊，努力忽略那侵入骨髓的寒意，語聲仍是不緊不慢，「妳跟著我入宮，是為了行刺。妳摸清了暗衛的方位，也摸清了小藥房的位置。透過我今早的表現，妳推斷出那些藥是給陛下用的，便決定趁他病，要他命。」

小藥房裡煎的藥並不對症，因此對方無法判斷夏侯澹究竟是什麼病，也就不會知道即使什麼手腳都不做，他自己也會死。

「結果，妳去小藥房下毒，卻被發現了。妳等到夜裡，還是沒聽見喪鐘，知道任務失敗，只得借我之手再試一次……」

說到這裡，庾晚音卡住了，「奇怪，妳既然一早就透過甜粥給我下了毒，為何又多此一舉跑去小藥房，平白提前暴露了自己？」

啞女聳聳肩，只是催她：「一炷香。」

庾晚音置若罔聞，繼續輕聲問：「還有，妳明知道我是誰，也知道夏侯澹是誰，為何不在流亡的路上早早下手，反而幾次三番幫我們？」

啞女的臉色冷了下去，平日裡滴溜溜亂轉的一雙靈巧眼珠，此時死死地盯著庾晚音，顯出幾分狠厲。

「——啊，我明白了。」庾晚音自問自答，「當時掌權的是端王，妳幹掉我們也沒用。妳想看我們與端王自相殘殺，只是我們獲勝之快超出了妳的想像。眼見著端王敗局已定，妳才想出來做黃雀，對嗎？」她笑了一下，「若真是這樣，那妳小小年紀，看得倒是挺遠，想來在羌國時也不是個尋常百姓吧。」

啞女忍不住冷笑一聲，「每一個羌國人，都知道。夏國和燕國，要打起來。你們不打了，我們就完了。」

羌國弱小，一直在大夏和燕國之間夾縫求存。他們沒有強大的軍隊，又不肯低下頭來當藩國求庇護，生存之計便是種種搬不上檯面的手段——毒藥、偷盜、色誘、挑撥離間。

和從前的燕國一樣，羌國也喜歡往夏國輸送死士。能殺死幾個大人物，攪得大夏內亂一陣，便會被奉為勇士，家人也會得到獎賞。

在圖爾與夏結盟、攻入羌國以後，那些千方百計逃入大夏的流民，多少也抱著相同的目的。他們一邊掙扎求存，一邊尋找一切機會製造災禍，拖垮大夏，結束故鄉的苦難。

啞女道：「我父母，女王的勇士。我，也要當勇士。」

她的語氣裡有一種天真的狂熱，聽得人莫名膽寒，又莫名悲哀。

庾晚音輕聲問：「當勇士……然後呢？」

啞女眼神空洞了一瞬，又笑了起來。

庾晚音忽然想起太后蔻丹指甲裡的毒引。蕭添采說，這毒只有羌人才能研製出來。太后用它消滅了一代代的敵人，如今自己下了地獄，還要擺夏侯澹最後一道——但她最初是如何得到毒種與毒引的呢？那又是哪個羌國勇士的光輝戰績，竟成功亂了大夏整整三代？

青史留名的刺客都是二流刺客。那些佼佼者已經消失於時間的長河，猶如從未來過。

「我還有一事不解。」庾晚音道：「妳連貼身衣物都在進宮時換掉了，現在又是從哪裡變出的毒藥？」

啞女看了窗外一眼，「天，要幫我。」

這用詞讓庾晚音心念一動，有靈光一閃而逝。

她跟著望向窗外，挑起眉，「那些花草？」

為了她的封后大典，從全國運來了不少奇花異草。

庾晚音追問：「那些花草裡，湊巧就有妳需要的全部藥材了？一樣不差？」

啞女眨了眨眼，猛地反應過來，惡狠狠道：「再不走，妳就死！」

庾晚音面露遺憾。

她知道十二就在附近偷聽，所以拖著啞女套話，想抿出點有用的資訊。怎奈啞女不是蠢人，看穿她的意圖後，再也不肯說一個字，伸手就拉她下床。

庾晚音的鎮定是強撐出來的，其實五臟六腑都快要被冰凍上了，她渾身僵冷無力，被啞女強行扯到地上，扶著床柱才站穩，「我做不到……皇帝周圍有重重防衛，我一掏出武器就會被射成篩子……」

「走。」啞女推著她往門口邁步。

庾晚音踉蹌了一下，口中還在勸：「……一切食物飲水都有人試毒，何況無數雙眼睛盯著，即使是我也沒機會投毒。別著急，此事需要從長計議啊……」

一炷香的時間確實很短，庾晚音能感覺到周身的力氣正與體溫一道飛速流逝。

如果現在活捉啞女，還來不來得及用刑逼她交出解藥？又或者，她能救活夏侯澹嗎？

然而，此人心性如此堅忍，又恨大夏入骨，絕不會屈從於威逼利誘。就連她口中許諾的解藥，多半也是不存在的。

既然設了這個局，應該是想一箭雙雕，同時滅了帝后吧？

可惜這算盤註定落空，因為賊老天是不會允許雙殺的。自己與夏侯澹，最終總會活一個……

剎那間，庾晚音頓住了。

——活一個？

啞女道：「他相信妳。」

她將庾晚音逼到門邊，從袖中取出一個小瓷瓶，似笑非笑道：「他流血了。」

猶如閃電劃過漆黑的天幕，在這玄而又玄的一瞬間，庾晚音看清了此間一切狡詐的因果。

五星並聚，否極泰來。

她的腦中山崩海嘯，眼睜睜地望著啞女將小瓷瓶遞過來，「撒在傷口上。」

庾晚音耗費了畢生演技，露出一臉恐懼與絕望，顫抖著藏起瓷瓶，走出了寢宮。

她一離開啞女視線，十二就帶著幾名暗衛冒了出來，緊張地攙住她，「娘娘。」

庾晚音加快腳步走向偏殿，「去制住啞女，留活口。讓蕭添采打開藥箱等著。」

偏殿。

蕭添采從瓷瓶中倒出一點藥粉，反復嗅聞驗看，情急之下甚至送入口中嚐了一點：

「像，很像。」

他又從藥箱裡取出一隻試藥用的耗子，以匕首劃開一道口子，將藥粉撒了上去。那耗子登時血流如注，汩汩不絕，再撒金瘡藥，也絲毫沒有止血的跡象。

蕭添采抹了把冷汗，宣布道：「與上次燕國刺客劍上淬的毒非常相似，會讓人血流不止，不愈而亡。臣能嚐出其中幾味藥材，與殘存的古方相符。」

圖爾說過，那毒是羌國女王留下的。

正是因為夏侯澹上次被刺後不僅沒死，還一度頭痛減輕，才讓他們有了以毒攻毒的主意。

然而羌國女王一共只留了那麼一點，圖爾已經用盡，又復原不出藥方，這才需要上天入地去尋。

豈知今日得來全不費工夫。

庾晚音坐在夏侯澹床邊，已是搖搖欲墜，旁邊跪了幾個束手無策的太醫。她沒有理會太醫，只問蕭添采：「能用嗎？」

這麼一瓶來路不明的玩意，能救回皇帝嗎？萬一差之毫釐，失之千里，直接讓人暴斃了呢？

蕭添采冷汗涔涔，不敢點頭，轉向跪在一旁的老太醫，「師父以為如何？」

老太醫顫顫巍巍道：「這……需要一些時日查驗……」

然而他們沒有時間了。

庾晚音發著抖，視野開始昏黑下去。在她旁邊，是面無血色、氣息急促的夏侯澹。

蕭添采絕望地收回視線。一旦皇后倒下，想必宮中更無一人敢拍板對皇帝用藥，承擔意圖弒君的罪名。

他咬了咬牙，正要開口——

「拿來。」庾晚音道。

蕭添采一愣，老太醫已經開始勸阻：「請娘娘三思啊！」

庾晚音只是對蕭添采攤開手，「進退不決，當以進為先。」

蕭添采遞過了瓷瓶。

庾晚音已顧不得其他，全憑著本能去解夏侯澹的繃帶，然而氣力不濟，摸索了半天都解不開。

蕭添采既然開了頭，也就不再瞻前顧後，索性上前幫著取下繃帶，露出夏侯澹縱橫的傷口。

庾晚音深吸一口氣，勉強舉起瓷瓶。

床上的夏侯澹忽然睫毛一顫。

滿室死寂中，他慢慢撐開眼簾，沒有焦距的目光虛虛地投向床側。

如同噩夢照進現實，形如枯槁的瘋王與他深愛的刺客對視。又如初見的一幕重現，他皺起眉頭，茫然地沉默著。

半晌，他張開口，聲音是撕裂後的喑啞：「……晚音？」

庾晚音手中一傾，瓷瓶中的藥粉灑落下去，輕柔地覆在了他的傷口上。

殷紅的血液開始湧出，將衾被染出大片喜色。

夏侯澹的肌肉繃緊，表情卻無甚變化。這點痛楚與他腦中正在經歷的相比，模糊到似有還無。

他又問了一遍，似是在找人：「晚音？」

庾晚音笑了笑，道：「How are you?」

「……」

夏侯澹也跟著慢慢揚起一個微笑，「I'm fine, and you?」

滿室宮人垂著腦袋，誰也不敢露出疑色。

庾晚音傾倒了小半瓶，體力不支，歪倒了下去，躺在夏侯澹身側。蕭添采眼明手快，接過了她手中的瓷瓶。

庾晚音想要示意他觀察效果再酌情加量，一開口，卻只發出氣音。

蕭添采含淚道：「娘娘放心。」

庾晚音點了點頭，掙扎著握住夏侯澹的手。

遠處，暗衛驚慌失措地奔來，「娘娘！啞女咬破藏在口中的蠟丸，自盡了……」

庾晚音反應平靜。方才跟啞女對話時，她就猜到結局多半是一換一。只是開弓沒有回頭箭，能救一個也是好的。

她不再理會暗衛，轉頭專心致志地望著枕邊人，試圖牢牢記住他的眉眼。

夏侯澹的視力和神思都模糊了，弄不清她做了什麼，只當自己此刻是迴光返照，抓緊時間交代她：「好好的。」

庾晚音微弱地笑道：「嗯。」

「親一個？」

「好……」

黑暗籠罩下來。

風吹不絕，帶來第一縷早春的氣息。

第二十七章　大好春光

一年後。

天牢。

暗室依舊逼仄而潮濕，只有一線微弱的光從鐵欄縫隙漏入，照出牆角畸形的人影。

夏侯泊靠坐在牆邊閉目養神——他也只能坐著——皸裂滲血的嘴唇翕動，低聲念叨著什麼。若有人湊到極近處聽，就會發現他不過是在不斷計數。

沒有日夜，也不聞聲響，只有沉默的守衛偶爾送來泔水般的食物。夏侯泊只能靠著計數大致估算時間，使自己不至於陷落於虛無的旋渦，失去最後的理智。

但今天註定是個特殊日子。

腳步聲接近鐵欄，有人放下了吃食，卻沒有馬上離去。

幾秒後，持續了一年的死寂忽然被打破了，「殿下。」

夏侯泊停滯了數秒才遲緩地偏過頭去。

來人哽咽著又喚了一聲，這回夏侯泊分辨出了他的聲音，是個昔日部下。

夏侯泊問：「……你是如何進來的？」

「屬下無能，屬下該死！」那老部下二話不說先磕了個頭，「這裡的守衛油鹽不進，屬下等了一整年，終於趁著外頭大亂、人心動搖，才託人打點，得以混進來見到殿下。但他們只讓屬下說兩句話，就要來趕人了……」

夏侯泊只捕捉關鍵字，「外頭大亂？」

老部下道：「是。去年都城之亂前殿下留下的囑咐，屬下牢記在心，後來幾番輾轉，籠絡到太子，設計引庾后去弑君。」

「成了嗎？」

「出了些岔子，夏侯澹雖然身死，可恨那庾后卻僥倖留得一命，還效法呂武執掌了大權！不過蒼天有眼啊，一介婦人哪會治國，去年旱災一鬧，舉國大亂。」

「旱災？」夏侯泊眼皮一跳，依稀想起了曾經的那個夢。

老部下道：「田間顆粒無收，餓殍不計其數。都說是因為妖后弄權，引來天怒。如今四處有人起義造反，那庾后的好日子很快就到頭啦。」

他老淚縱橫道：「屬下正在聯繫殿下的舊部，想從中推波助瀾，待庾后被推翻，便趁亂營救殿下。」

數道腳步聲響起。守衛來趕人了。

那老部下壓低聲音，慌張地留下一句：「還請殿下多加保重，至多再忍上一年半載，便是東山再起之日……」

他走了。

暗室內又恢復了死寂，連那似有若無的計數聲都遲遲沒有再響起。

不知過了多久，傳出一聲悶笑。

無人進來呵斥囚犯，他便自顧自地笑個不停，逐漸演變成癲狂的大笑。

在他看不見的地方，守衛們面無表情地聽著動靜，目中不約而同地露出嘲諷之色。

都城郊外。

春光淡蕩，萬物生髮。平日裡空曠的郊原上，今日卻車馬喧闐，仕女遊人盛裝打扮行走在和煦陽光裡，往來間捲起一路香塵。

正是清明踏青時。

人們祭掃了墳墓，又席地而坐，享用三牲與美酒，言笑晏晏，與逝者同樂。

端王耳中兵荒馬亂的世界，此時一片平和安適。

近郊處幾座氣派的新墳邊，卻是人影稀少。一群侍衛遠遠攔下了閒人，只有幾輛不顯身分的馬車停在附近。

爾嵐清掃了岑堇天之墓，點起香燭，燒了金錢冥紙。

身後有人遞來一捧新鮮帶露的花朵。

庾晚音道：「給，與祭品擺在一處吧。」

爾嵐意外地接過，見花束裡還有一把青翠的穀物，不禁微笑，「娘娘有心了。」

岑堇天一直挺到了去年秋日才病逝。

旱災如期而至，但各地田間早已照著他給的法子，種下了大片燕黍與其他抗旱的作物。再加上所有糧倉提前一年便開始祕密囤糧，大夏有備無患，原作中的饑荒並未發生。秋收時，岑堇天在眾人簇擁下滿足地闔上了眼。

爾嵐將花束輕輕放在祭品間，神情平靜，「岑兄，燕國戰局已經平定，圖爾當了燕王，又寄來了一道盟書。太平盛世已至，岑兄在這裡，年年可見五穀豐登了。」

不遠處，汪昭的墓碑上也終於刻了真名。李雲錫和楊鐸捷祭拜過後，拉了幾個年輕同僚共飲，趁著酒勁向他們吹噓著與汪昭的交情，假裝與汪大人很熟。

他們如今位高權重，一個在戶部終於用上了當初稽核版籍的成果，忙著歸田於民；一個在吏部主持恩科，遴選人才。年輕臣子滿臉崇拜，聽一句信一句，只差當場拿筆記下來。

東風有信，年年掃落胭脂香雪，哪管人間盛衰興亡。

畫舫上結識的六名學子半數長眠。餘下半數，活進了當時描畫的光輝圖卷中。

一片花瓣被和風卷起，落在了爾嵐的髮間。

庾晚音垂手為她摘了，在她耳邊悄聲道：「李雲錫今日偷看妳幾回了。前兩天他還找我打聽來著。」

爾嵐失笑道：「娘娘莫非有撮合之意？」

「那倒不至於。」庾晚音拉她起身，示意她陪自己散一段步。

兩人並肩走入花蔭，離開了旁人的視線。庾晚音道：「這事講求一個情投意合，妳若無心，我便替妳擋了。」

爾嵐有些出神，「他同我私下談過。他說自知比不過岑兄，但如今岑兄已逝，這滿朝的人也只有他知我一二。我若退隱，不如嫁與他，日後夫妻同心，也不至於枉費了胸中意氣。」

世上沒有不透風的牆，共事時間久了，漸漸有人從蛛絲馬跡瞧出端倪，懷疑起了爾嵐的性別。近日這傳聞愈演愈烈，已經報到了庾晚音面前。

李雲錫正是因為聽聞此事，才找爾嵐談了這一席話，全程臉紅如關公，根本不敢看她。

他這麼個將規矩體統掛在嘴邊的死腦筋，能做到這一步，也不知暗中下過多少決心。

庾晚音道：「但妳……還是拒絕了？」

爾嵐沉默半晌，嘆了口氣。她放慢腳步，道：「如今重開恩科，朝中人才輩出，爾嵐此去也算是功成身退了。只是……」她望著庾晚音，緩聲道：「只是有些放心不下娘娘。」

庾晚音心中一熱。

爾嵐抬手理了理她的雲鬢，「……畢竟帝后共治，總會引來悠悠口舌。娘娘如今聲威正盛，尚無人敢以卵擊石。可今後日理萬機，千頭萬緒，一旦出錯……」

「出錯也無妨。」一旁有人道。

夏侯澹緩步朝她們走來，將侍衛宮人留在了遠處。他已摘了沉重的冕旒，長髮半束，穿花而來的風儀好似誤入此間的世家公子，一派清貴無害。

口中的話語卻還在繼續：「文治武功是娘娘的，偶有小錯是朕犯的。直臣相諫，娘娘會從善如流；如有奸佞借題發揮，朕的瘋病可以不定期復發，一不小心就當堂殺人了。」

爾嵐：「……」

爾嵐慌忙見禮。

庾晚音迎過去，「幫北叔掃完墓了？」

「嗯，來接妳回宮。」夏侯澹執起她的手，指尖在她掌心撓了兩下，眼底笑意蘊藉。

解釋春風無限恨。

「等我一下，我這還沒談完呢。」庾晚音捏了捏他的手指，「你先回馬車上躲風吧。」

夏侯澹不肯，「我旁聽。」

「別鬧，快去……」

爾嵐努力裝瞎。

庾晚音終於推走了夏侯澹，轉向爾嵐，「實話說，我也捨不得放妳走。李雲錫和楊鐸捷正混得風生水起，妳就甘心輸給他們嗎？」

爾嵐驚訝地抬起頭，「可如今人人皆知我是女兒身。」

「巧了，我正缺人手去各地興建女子學堂呢。」

庾晚音按住她的肩，「李雲錫有句話說錯了，世上知妳的可不只他一個。胸中既有丘壑，青史一筆，何必假他人之名？」

片刻後，爾嵐一臉恍惚地走了回去。

年輕臣子們還在原地野餐，見她獨自回來，驚訝地問：「娘娘呢？」

李雲錫見到她還是有些不自在，偷看一眼，又悶悶地低下頭去擺弄酒盞。

爾嵐道：「半路被陛下接走了。」

楊鐸捷忍俊不禁，「真是一刻也分不開。」

「……」李雲錫仰頭一飲而盡，沒好氣道：「喝！」

馬車裡。

夏侯澹問：「她答應了？」

「說是回去想想。她會答應的。」

夏侯澹低笑起來，咳了一聲，「娘娘聖明。」

「著涼了？」

夏侯澹頓了一下：「沒有。」

庾晚音皺眉望著他。

夏侯澹的笑容緩緩消失，心虛地去拉她的手，「早上墓地有點冷……我回去就喝薑湯。」

暖融融的春日裡，他的手指仍是冰涼的。庾晚音輕吁一口氣，別過頭去撩起一角窗簾，望著行道兩旁閒寂的青色。

「大好春光，別皺著眉了。」夏侯澹輕聲道：「這一年不是好了很多，嗯？我還會陪妳很多年的。」

庾晚音被他道破心事，舒展眉頭笑了笑。

一年前。

庾晚音趕去偏殿後，暗衛奉命拿住了啞女。豈料她不慌不忙，只是坐在原地安靜地等待著。片刻後，她突然歪倒下去，七竅流血。

暗衛大驚，掰開她的嘴，一顆已經咬破的蠟丸滾了出來。

啞女已經只剩一口氣了。暗衛慌忙逼問她解藥何在，她卻笑道：「沒有解藥……睡一覺，就好了。」

在暗衛迷惑不解的目光中，她默默咽了氣。

庾晚音在一日後蘇醒，果然不適盡去。

後來，蕭添采仔細驗了那瓷瓶裡的毒粉，有幾味藥材確實取自宮中的花草，但還有幾味遍尋不到。直到他們澈查庫房，聞到一批禮盒氣味奇異，才發覺禮盒所用的木材，取自各種毒樹。

那一批禮盒正是小太子殷勤獻給庾晚音的賀禮。

順著這條線索，他們抓捕了太子及其身邊的宮人，逐一審問，最終串出了真相始末。

太子眼見著地位不保，甚至性命都堪憂，決定不能坐以待斃，要先下手為強。

他正愁沒有機會，混入宮中的啞女就主動送上了門。啞女直言自己會用毒，只是還缺幾味藥材，需要他幫忙採買。

於是太子借著獻禮之機為她湊齊了藥材，還給了她一份更完美的計畫：不是直接毒死皇帝，而是先放倒皇后，再以解藥要脅她親自動手。

他不僅要夏侯澹死，還要借庾晚音之手弒君。如此一來，即使夏侯澹僥倖被護住了，他至少能幹掉一個庾晚音。運氣再好一點的話，他甚至能同時除去壓在頭頂的兩座大山。

太子小小年紀，沒有這麼好使的腦子。替他出謀劃策的幕後高人，正是端王殘部。

原來，端王在兵敗之前留了一個計畫，讓老部下去找太子獻策。那老部下作為最後一顆棋子，這麼多年藏得很深，表面上與端王黨從不往來，居然騙過了夏侯澹的眼睛。

奈何太子入獄後萬念俱灰，為求保命，第一時間將他供了出來。老部下逃跑未遂，在半路上被暗衛捉住，受了數日嚴刑，終於痛哭著投降了。

整件事情裡只有一個微小變數：啞女沒有完全聽令行事。

她不僅沒對庾晚音動真格，還搶先去了小藥房，想自己毒死夏侯澹。眾人事後反覆分析，此舉沒有別的解釋，只可能是為了將皇后擇出去。

一個恨大夏入骨的刺客，卻將平生唯一一絲善念留給了庾晚音。

只是等庾晚音獲知這一切時，她早已入了土。

小太子被貶為庶民，賜了所宅院圈禁終生。

至於端王，夏侯澹為他傾情設計了一份極具創意的回禮。

他們每隔數月便會讓那老部下去天牢裡演一場，讓他在絕地翻盤的春秋大夢裡不斷等待。想來端王意志力過人，必能為了這點微末的希望含垢忍辱，吃著泔水堅持下去。

等過個三年五載，實在演不下去了，再將真相溫柔地告訴他。

回宮之後，夏侯澹果然捏著鼻子灌了碗薑湯，又自覺加了件狐皮大氅，裹得如同回到了冬天。

他之前中的毒在體內埋了十幾年，已經壞了底子。雖然用最粗暴的方式解了，但又留了新的後遺症。躺在床上半死不活了大半年，無數湯藥灌下去，最近才恢復幾分血色。

也是在這一年間，朝中逐漸習慣了帝后共治。

如今皇帝回歸崗位了，庾晚音卻也沒有釋權的意思，每日仍是與他一同上朝。奏摺上的朱批，全是皇后的字跡。

有臣子上疏劾之，倒是夏侯澹先發了火，「太醫都說了朕不能操勞過重，你卻要朕獨自加班，是怕朕活太長嗎？」

眾臣諾諾不敢再言。或許要再過些年頭他們才會明白過來，夏侯澹說的竟是心裡話。

不過僅僅這一年，大部分的人已經發現了，皇后雖然字醜了點，但確實是他們企盼了多年的明主——情緒穩定，思維敏捷，欣賞實幹，討厭是非。時不時冒出點一鳴驚人的提案，角度之離奇，彷彿超越了此世；但在實際執行上又樂於廣開言路，不恥下問。

彷彿有豐富的一線工作經驗。

今日休沐，連帶著宮人也放了半天假，都在御花園懶洋洋地曬著太陽，不時有歡聲笑語傳來。

午膳過後，帝后二人在窗前對坐，平靜地喝茶。

正因不知還能相伴多少年，才更要珍惜眼前的涓滴時光。

庾晚音道：「蕭添采說他下個月回來一趟，幫你把脈。」

太子一案塵埃落定後，庾晚音還是將謝永兒的死訊告訴了蕭添采。

蕭添采失魂落魄了幾日。庾晚音以為他會就此離去，他卻又照常出現，一直遵守約定，照顧岑堇天到最後一刻。

直到送走岑堇天，蕭添采才前來辭行。

庾晚音心中有愧，自覺虧欠他良多，蕭添采卻反過來安慰她：「我為娘娘盡忠職守，是謝妃所願。如今離去，也是為了看看她嚮往已久的山川美景。」

庾晚音忍不住問：「她那封信裡說了什麼？」

蕭添采的耳朵又紅起來了，「……她說待都城事了，她也有了新的安定之所，會等我去尋她。」

沉默幾秒，他笑道：「娘娘不必難過。只要這一片山河還安然存在，她的魂靈便仍有所依，終有一日會重逢的。」

那之後，他便獨自上路了，偶爾還會寄信回來，聊幾句自己所見的各地民生。

夏侯澹道：「他倒是來去如風。」

「聽說是做了遊醫，每到一處便救死扶傷呢。」庾晚音想起當時的對話，情緒還是有些低落。

夏侯澹看她一眼，狀似不經意道：「對了，阿白也寄了信來。」

「什麼事？」

「沒什麼事，聊聊近況，順帶關心我們一下。」夏侯澹哼了一聲，「附了首酸詩。」

庾晚音樂了，「給我看看。」

「沒什麼好看的。」

「看看嘛——」

夏侯澹推開茶盞站起身，「難得清閒，去打一局乒乓嗎？」

庾晚音被轉移了注意力，「也行。」

後宮自是遣散了——大部分妃嬪離開時一臉劫後餘生的慶幸——但那張乒乓球桌留了下來。

皇帝贏了兩局後，皇后丟拍子不幹了，聲言清明要蕩鞦韆才應景。於是皇帝又遣人去尋彩帶與踏板。

李雲錫帶著奏章走過迴廊時，遠遠便瞧見御花園高高的楊柳樹下，一抹盛裝倩影來回飛蕩，旁邊依稀還傳來皇帝的笑聲。

李雲錫正沉浸在孤家寡人的心境中，哪裡看得了這個，忍了半天才調整好表情，請宮人通傳。

片刻後皇后落下去不飛了，皇帝獨自走了過來，「有事？」

李雲錫呈上奏章，「請陛下過目。」

雖然是休沐，臣子自願加班，夏侯澹也不能不理。

他將人帶進了御書房，一邊聽彙報一邊翻看那奏章。李雲錫兢兢業業說了一通，總覺得皇帝似聽非聽，時不時還微笑走神。偏偏每當他停頓下來，夏侯澹又能對答如流，害得他想死諫都找不到由頭。

半個時辰後，一名太監敲門進來，躬身呈上一張紙條。李雲錫眼尖，一眼認出了那狗爬般的字體。

晚上吃燒烤？

夏侯澹看了看，托腮提筆，回了個「1」。

李雲錫：？

那太監似是司空見慣，收了紙條便告退了。

夏侯澹望向李雲錫，用趕人的語氣問：「還有問題嗎？」

李雲錫道：「……沒有了。」

他行禮告退，剛走出兩步，又聽夏侯澹道：「愛卿留步。」

夏侯澹指著他的奏章說：「愛卿文采斐然，不知詩才如何？」

「詩？」

「得空也可以寫兩首酸詩嘛。」夏侯澹認真提議，「反正你也無人可送，不如讓朕拿來借花獻佛。」

「……」

李雲錫忍了一天的話語終於脫口而出：「你們這樣……成何體統！」

——《成何體統》正文完——

番外一、相逢何必曾相識

夏侯澹死時，庾晚音大病一場。

臣子都擔心她會在悲慟之下一病不起，畢竟這二人的恩愛是已經載入史冊的程度。但她只是休息了半個月，便返回了朝堂。

離別不至於心碎，是因為從天道手中強搶來的這段歲月裡，他們幾乎每日都膩在一起。春有繁花，秋有山月，夏有湖畔流螢，冬有圍爐夜話。長長的心願清單上打滿了鉤，決不留下一絲遺憾。

英明的帝后高效利用了每一寸光陰，為夏國打開了盛世圖景，也一道培養出了引以為傲的孩子。

夏侯澹來到這個世界時，迎面只有陰謀與殺意。他走的時候，身邊終於環繞著所愛之人。

他留給庾晚音的最後一句話是：「妳的故事還很長。」

那之後，積威深重的庾晚音順天應人，坐上了龍椅。朝中幾個釘子戶一般的老頑固拿「體統」叫嚷了兩回，淹沒在山呼的萬歲聲中，像鞭炮放了兩聲響。

女帝庾晚音俯視著滿朝文武，平淡地說了一句：「一切照舊即可。」

她像是心中有一張計畫表，按部就班地上朝下朝，兢兢業業地主持大局，為自己牽頭的幾個專案做了收尾工作。這位聲震八方的女帝幾乎不遊樂，不享受，除了偶爾去曾經與先帝幽會的地方喝杯閒茶，坐一下午。

數年之後，就在天下終於習慣了庾帝之時，她忽然又像當初登基時一般平靜地傳旨，將帝位傳給孩子，輕裝簡行離開了都城。

這一天，她炒了老天的魷魚。

庾晚音問心無愧。她為這個世界付出的已經夠多了，接下來的人生，也該為自己而活。

庾晚音四處雲遊，看遍了如今的大夏。

田間年年有金黃的穀物，工廠的流水線叮噹作響，城市的建築群初現雛形。爾嵐手下的女子學堂不斷擴建，謝永兒構想中的貨運在四通八達的道路上往返。

曾經陌生冰冷的世界，在兩代人才的通力合作下，模糊地顯現出遙遠故鄉的影子。

至於這個世界今後會如何演變，就不是她有生之年能夠見證的了。

原本的男主角夏侯泊已經死去多年，世界並未崩塌。根據無名客的理論，帝星歸位後，氣運已經轉移了。庾晚音把這片天地理解為一個平行時空，它雖然以《穿書之惡魔寵妃》這本書為原點，但發展至今日，已經澈底脫離原作，膨脹成一方獨立運行的小宇宙。

即使她身死魂銷，想來這裡的故事仍會世代延續，生生不息。

庾晚音踏過了山河萬里，拜訪了許多故人。直到再也走不動了，她才回到都城，悠然度過了暮年。

正如夏侯澹預言的，她這一生的故事，也算是波瀾壯闊，精彩萬分了。

若說這一生中還有什麼遺恨，或許就是沒能在夏侯澹離去之前造出相機，以至記憶中他的面容已經澈底模糊了。

不過說到底，那張臉也只是屬於書中的人物，是夏侯澹，而不是張三。她的愛人原本的樣子，誰都無從得知。

能清晰浮現在眼前的，只剩他的眼睛。

或許是在無窮無盡的權術之爭裡習慣了掩藏，又或許是經年累月的病痛所致，他那雙眼睛一直是不反光的。給人的印象不只瞳仁那一點墨色，而是一整片虛無的黑暗，彷彿溺斃獵物的沼澤。

但每當她望入其中，卻只能觸及一片深不見底的溫柔。

若有來世，她還想再看見它們一次。

庾晚音蒼老的眼眸望向虛空，輕輕嘆出了最後一口氣。

視野暗淡下去。

——然後又猛然亮起。

刺目的白色燈光。

地鐵車廂微微搖晃。

手中的手機螢幕還亮著，顯示出讀到一半的小說畫面，白底黑字，左上角顯示著文名：《穿書之惡魔寵妃》。

王翠花猛然抬起頭，一瞬間只覺得天旋地轉。手機摔落在地，她整個人也朝下栽去。

坐在她旁邊的乘客嚇了一跳，伸手拉住她問：「你怎麼了？」

王翠花倒回座椅靠背上，眼神發直，呆滯地搖了搖頭。

又有好心人替她撿起手機，問：「是不是低血糖？」

王翠花艱難地張開口：「……沒事，謝謝……」

啊——這女聲，的確是她自己的嗓音。只是幾十年沒聽過了，顯得有些失真。

遙遠的記憶慢慢回籠。

她居然回到了二〇二六年，回到了當初穿進書裡的那一瞬間。

庚晚音漫長的一生，投射到現實世界中，只過去了一微秒。悲歡離合、跌宕起伏，盡數沒入這班地鐵充足的冷氣裡，連一絲漣漪都未曾泛起。

人生寄一世，奄忽若飆塵。

王翠花接過手機，打開了自拍鏡頭。

螢幕上顯示出一張似曾相識的臉。

社畜標配通勤裝，懶得打理的黑長直，在一天的工作後已經快掉沒了的淡妝。五官可以用「機靈」「秀氣」等詞語形容，在好好打扮的日子裡也會被誇一聲美女，但若是跟書中傾城傾國的庚晚音相比，就頓顯寡淡了。

這是她，又不完全是她。

但她依舊第一時間識別出自己，不是靠這個年輕的影子，而是靠這一雙蒼老的眼睛。

王翠花木然呆坐在座位上，聽著左右傳來的聊天聲。

同學的八卦、老闆的糗事、股市的動態、明星的緋聞。

聽說明天有雨。

週末去哪裡吃飯。

依稀都是她年輕時——上輩子年輕時——曾經在意過的話題。

王翠花偷聽了三站路，腦中才開始將這些破碎的詞語拼湊到一起。到第五站時，她想起了自己家在哪裡，但此時已經坐過站了。

王翠花蹣跚著走出地鐵站，叫車回家。

霓虹燈與看板撲面而來，又被甩落身後。姹紫嫣紅，近在咫尺，卻又與她無關。

說來諷刺，她在書裡那個世界的時候，無時無刻不在思念此世，即使高朋滿座、兒孫繞膝，也始終像個異鄉來客，心中總有一絲揮之不去的孤獨。

她做了一輩子歸鄉的夢，待到終於掙脫出來，才發現自己已經格格不入了。

不再屬於任何一邊，成了一縷無依的遊魂。

這種處境……除她之外，只有一個人曾經體會過。

她一直愛著夏侯澹，但直到此時此刻，她才真正地、刻骨地理解夏侯澹。

對了，夏侯澹……在這個世界，他應該叫張三。

他真的存在於此世嗎？會是那黃粱一夢的一部分嗎？他在那個世界死亡之時，也會像她一樣回來嗎？

這麼說來，他們曾經聊過這個話題。

某處過冬的行宮裡，他們在泡溫泉。雪後的黃昏，嫋嫋白霧在頭頂上方緩緩洇入薄暮中。他們依偎著靠坐在池裡，懶洋洋的，像一對冬眠的動物。

夏侯澹突然打破沉默，「妳是二〇二六年穿進書裡的，而我卻是二〇一六年。如果我們穿回去的話，現實世界會是哪一年呢？」

她當時昏昏欲睡，掰著手指算了算，「保守估計，現在已經二〇三六年了吧……我就算沒入土，也作為植物人躺了十年了。」

「那我躺了二十年。能醒的話，應該會上新聞了。」

庾晚音笑了一下，沒有提掃興的事，比如十年二十年的植物人，肌肉會萎縮成什麼樣子、還能不能正常生活。說到底，「沒入土」都已經是樂觀的假設了。

夏侯澹卻興致勃勃，「我會去找妳的。只要還有一口氣，我一定會站到妳面前。」

「你怎麼不問問我要不要找你？」庾晚音逗他。

夏侯澹好像真的愣了一下，隨即笑道：「妳肯定會想我，想到發瘋。」

「別臭屁了！」庾晚音潑他水花。

結果她並沒有作為植物人醒來。

這是不是意味著張三的情況也和她一樣，會回到穿越的那一瞬間？對他來說，那可是二〇一六年啊。

難道——

王翠花突然笑出了聲。她心想：難道一代梟雄夏侯澹，穿回去之後，繼續準備考高中？

從那之後又過了十年，今時今日的他會在哪呢？他在這十年間有沒有試圖找過她？還可以重逢，還可以見到他。

這個想法像一劑強心針，讓她終於有了一點「復活」的實感。是的，先安頓下來，然後做個計畫……她連皇帝都當過了，找個人這種小事，應該不在話下。

王翠花從一團糨糊的大腦深處翻找出了自家地址，卻被卡在了大門外。

電子鎖密碼這種細節，她是真的記不清了。

連續三次輸入錯誤之後，電子鎖發出了尖銳的報警聲，自動卡死了。王翠花站在門口想了想，摸出手機打了個電話，「媽，我的門鎖壞了，我可以去你們那睡一晚嗎？」

王翠花父母家在城市另一頭，當初她是為了通勤方便才搬出來租房的。

看到父母的一瞬間，她眼中的淚水活像噴泉特效，把兩口子嚇得夠嗆，慌亂地勸了半天：「誰欺負我女兒？那破工作幹得不開心就辭職，爸媽養妳。」

王翠花頓時哭得更厲害了，「我只是有點累……」她看著媽媽，「妳昨天是不是說過，研究了什麼新菜式？」

昨日與今日之間，橫亙百年。

出走半生，歸來仍是女兒。

「等著啊，十分鐘就好。」媽媽進了廚房。

尋常深夜裡，溫暖的食物填入胃中，天下開始太平。

王翠花將擔憂的父母哄去睡覺，自己沖了個熱水澡，初步理清了思緒。

凌晨時分，她趴在床上捧著手機，打開了搜尋引擎。

已經是二〇二六年了，全國仍然有六千多個張三。搜尋結果裡有一些照片，王翠花將那些人臉翻來覆去地看了片刻，嘆了口氣。

果然在不知道對方長相的情況下，僅靠「直覺」大海撈針，還是行不通的。何況她要找的那個張三，很可能根本不在其列。

她還記得一些資訊，比如他的出生年月和戶籍城市。夏侯澹好像還聊到過自己國中的校名，叫什麼……

王翠花努力回憶著，將這些資訊全部填到搜尋欄裡，又試了一遍，心一沉。

還是沒有結果。

王翠花毫無睡意，機械地滑著手機。

唯一的好消息是，夏侯澹提到過的國中是真實存在的。這至少證明了他不全然是夢中幻影。

只是這所學校似乎對網路上宣傳不太上心，官網起碼五年沒更新過了，只有幾則零散的新聞證明它還沒倒閉。

王翠花買了清晨第一班去往那個城市的機票。

凌晨三點，她設定好鬧鐘，準備睡幾個小時養精蓄銳，闔眼之前才猛然想起，自己忘了請假。

出走半生，歸來仍是社畜。

翌日，飛機落地時已是中午了。

上司對她的突然請假大為光火，要求她遠端辦公，手中的專案進度不能落下。

王翠花根本不記得自己手中是什麼案子，卻也鎮定自若——經歷了幾十年的地獄級多執行緒高強度錘煉，如今再回望這點工作，邏輯就淺顯得如同兒戲了。

她迅速回顧一遍專案組裡的文件，一邊敲字與同事對接，一邊上了計程車，報了張三的國中校名。

她打算去那所國中看看——這是最簡單的突破口。只要他在那裡上過學，就一定會留下存檔。

她可以編個理由去翻閱存檔，查到他家的地址，或者是他父母的聯絡方式，然後……

王翠花自嘲地笑了笑。

自己這樣，像個變態狂似的。

張三如果成功回到了二〇一六年，就有足足十年時間可以找她。她也曾在閒聊時一遍遍地講述自己的過往，提到過不少關鍵資訊。她能想到這些辦法，他也能想到。只要他多花點力氣，怕是連她家住址都能查出來。

那麼為何在她作為王翠花的記憶裡，近十年從未出現過一個叫張三的人？

從昨晚到現在，她假設出了幾個原因，都不怎麼美好。

計程車司機從後視鏡裡看了她好幾眼，終於忍不住開口：「小姐，沒事吧？妳的臉色好差。」

王翠花一愣，也抬頭看了看後視鏡中的自己。昨夜哭過一場，之後又只睡了幾小時，她的眼皮到現在還腫著，眼裡全是紅血絲。加上那張蒼白的臉，活像遭受了什麼大難。

她長舒一口氣，轉頭望向窗外，「沒事沒事，可能有點暈車。」

「哦，那我開慢點。要不要開窗？」司機怕她吐在車上。

王翠花沒有回答。

「小姐？」司機慌了，「妳倒是找個東西接著……」

「大哥，」王翠花死死盯著窗外某處，「你結束行程吧，我有點急事要下車。」

司機忙不迭地靠邊停車，心想這乘客還挺貼心。

王翠花下了車，沿著馬路往回小跑了一段，停步在方才一閃而過的看板前。

看板上是一張電視劇海報。

《惡魔寵妃》。

很久很久以前，夏侯澹曾經對她吐槽過：「二〇一六年的文，妳二〇二六年還會收到廣告？就這麼篇爛文，憑什麼紅十年？」

如今她終於知道原因了。

這篇文並沒有紅十年，它只是在十年後被影視化了。所以平臺才會炒起冷飯，將原作放到到主頁，最後被她在地鐵上打開。

海報正中央，最顯眼的一道身影，是原作女主角謝永兒。

王翠花靜靜望著這個「謝永兒」的臉，眼眶微微發熱。不知是怎樣的巧合，劇組找的新人演員，竟與她記憶中的謝永兒有幾分相似。尤其是眼中那一抹倔強，幾乎如出一轍。

太像了，以至僅僅是如此對視著，那些泛黃的記憶都被點染出了鮮亮的顏色。

好多年未見了。

良久，王翠花才將視線挪向謝永兒旁邊，想看看飾演端王的演員長什麼樣。

她吃了一驚。

謝永兒身旁，男主角的位置上，那個揹著醫箱的角色，怎麼看都是蕭添采。而原作男主夏侯泊，居然被排擠到角落裡，跟夏侯澹和庾晚音排在一起。

更蹊蹺的是，所有這些演員的外形與氣質，居然都給她一種似曾相識的感覺。

他們站在一起，像是那黃粱一夢在現實裡垂落的倒影。

王翠花腳下的大地緩慢旋轉。

一個兩個可以說是巧合，但眼前這情形，真的還能用巧合解釋嗎？

她站在原地拿出手機，搜起這部電視劇。

網上風評褒貶不一，大多數人只當看個樂子，也有那麼幾個原作黨，罵它魔改得太厲害，給反派夏侯澹和庾晚音瘋狂加戲，甚至還拆散了原文中的男女主角，讓女主謝永兒莫名其妙地換了個真愛，跟炮灰蕭添采走到一起。

有人吐槽道：

『改成這樣，原作者還不告他們？』

『原作者罵過編劇啊，罵了幾天突然就偃旗息鼓了，理由也很離譜，說什麼女主托夢告訴她，自己現在很幸福。』

『什麼鬼？？？』

『作者肯定是被劇方公關了啦，又不好明說，只能這麼陰陽怪氣地解釋一下。』

『不過你別說，反派這對惡人CP（情侶檔），改得還挺好的……』

王翠花就近找了家便利商店坐下，飛速點開了《惡魔寵妃》的劇組成員列表，從頭瀏覽到尾。

沒有。

她又去查製作公司和發行公司的企業資訊，逐一搜尋人名。

沒有。

怎麼可能還沒有？

除了她所知的那個人，還有誰會將這十年前的爛文拍成劇，又有誰會將情節改編成這樣？

如此手筆，簡直像是花費鉅款拉了一條遮天蔽日的橫幅，上面寫著：我回來了，我就在這裡，妳看見了嗎？

王翠花焦躁起來，手指在螢幕上一通亂戳。

看見了，當然看見了，我又不瞎！

可你在哪？為什麼就不能直接出現在我面前？

——下一秒，亂戳的手指頓住了。

她剛才，好像是從製作公司的簡介頁面，戳進了其母公司的網站。

王翠花懷著突如其來的強烈預感，望向了母公司的法人一欄。

母公司總部。

一樓前檯的美女訓練有素，望著王翠花夢遊似的飄進來，依舊露出職業微笑，「中午好，有預約嗎？」

王翠花說：「……沒有。」

「好的，請問要找哪位呢？」前檯拿出登記表格。

王翠花說：「張三。」

前檯靜止了半秒。

王翠花補充道：「他認識我的，知道我會來。」

「好的，我來聯絡一下張總的祕書。您怎麼稱呼？」前檯拿起手機。

「王翠花。」

前檯又靜止了半秒，似乎拿不準這是不是一個惡作劇，最終在王翠花誠懇的注視下，還是撥通了電話。

祕書很快小跑著來了，恭敬道：「王小姐，張總讓我帶您去休息室坐一下，他馬上來。」

往來員工都豎起了八卦的耳朵。

王翠花低頭跟著祕書往電梯間走，「他在開會？」

「不是不是。」祕書連忙否認，「他在車裡，還沒到公司呢。張總昨天有點私事，出了一天城，今天上午才飛回來……」

出城？

對了。上輩子，她曾在閒聊時，一遍遍地講述自己的過往，提到過不少關鍵資訊。

那些關鍵資訊裡……會不會包括自己穿進書裡的日期？

他會不會碰巧記住了？

王翠花放慢腳步，盡力維持著語聲的平靜，問：「能透露一下張總昨天去了哪嗎？」

祕書猶豫道：「這……」

「去了妳家門口。」身後有人答道。

萬般喧囂歸於寂靜。

猶如無聲的颶風捲過，身旁的祕書、往來的員工，全部消失了身形。高樓與街道漸次蒸發，腳下鋪展出無邊無際的純白。

空蕩蕩的宇宙裡，有個人朝她走來，無奈地笑了笑，「坐在門外等了一個通宵，抱的花都蔫了。」

數小時後，張總家裡。

「再來一次？」

「不行，休息一下……」

「好吧。」年輕健康血氣方剛的張總翻了個身，躺到王翠花旁邊，手中把玩著她的頭髮。

王翠花閉著眼睛拉住他的手，「我有好多問題想問的，讓我順一順……」

「巧了，我也有一些問題。」

「那你先。」

張三悶悶地笑了一聲，「妳昨晚怎麼沒回家？」

「回了的，不記得門鎖密碼了，就去了爸媽家。可能我走了你才到，就錯過了。」王翠花皺著眉戳戳他的手背，「你為什麼就傻等著呀，不打我電話？」

「想直接見面給妳個驚喜啊。我還計畫得特別好，碰面之後直接帶妳上飛機去度假，一展霸總風采。」

王翠花哭笑不得，「霸總，怎麼網路上都搜不到你的資料？」

「悶聲發大財，懂？我剛回到二〇一六年，心裡一琢磨，妳都把未來十年的大事透露給我了，等於給我開了個掛啊。可是很多企業決策吧，又不好跟人解釋，萬一被人看出我未卜先知，豈不是很麻煩？只能低調再低調了。網路上有點什麼資訊都被我刪了。」

「你就不怕我找不到你？」

「本來就沒打算讓妳來找……我說過的，只要還有一口氣，我一定會站到妳面前。」

王翠花側頭看向他，近乎貪婪地用視線描摹他的眼睛。

張三似乎感覺到什麼，笑意淡去了些許，「妳有多久沒見過我了？」

「我是壽終正寢的。」她語帶蒼涼。

「啊……」他點點頭，「那真的很久了。比我的十年還要長很多。」

她沒有說話。

張三的喉結滾動了一下。

忽然之間，他像是承受不住一般自行坦白了，「我想過的，想過提前跟妳在一起。高中，或者大學，我可以考去妳的學校，向妳搭訕，纏著妳跟我交往。我們可以做一對普通的小情侶，到二〇二六年，我們肯定已經結婚了。」

「我不知道天道選人的方式，也許妳的人生軌跡改變後，就不會被吸進那本書裡，也就不必遭那一回罪，變成像我一樣的異類。」

「我甚至去過妳的城市，遠遠地偷看過妳幾次。每次都只差一點點，我就忍不住對妳說話了。」

「但我回想了很久，我們從未談過這個話題，晚音。我沒有問過妳，如果有選擇的話，會不會捨棄那個世界，捨棄那些好友與親人，那些風波險阻、豐功偉業、萬丈豪情……」

他眼中映著暖色的燈光，溫柔而傷感地望著她。

「想來想去，不敢替妳做決定。因為妳的故事，我也只參與了一半。但又很怕選錯了，怕我出來之後，妳在那個世界過得不好，而我卻無從得知……」

「真的糾結了好多年。每一年都會重讀一次《穿書之惡魔寵妃》那本破書，跟個忠實讀者似的。結果，我眼睜睜地看著它過氣，在網路上石沉大海，一年又一年，再也沒人提起過。」

「我就開始疑惑，既然它過氣成那樣，妳怎麼會在二〇二六年看到廣告呢？當時我已經算個總裁了，就託人去找平臺的負責人打聽了一下這本書。結果對方誤會了，以為我要買版權，天花亂墜地誇了一通，還說什麼如果影視上了，平臺肯定配合宣傳，給到最好的廣告位。」

「那時候，也不知怎的，我冥冥之中突然就明白了。」

「原來讓妳進入那個世界的，還是我啊。」

時空顛來倒去，裹挾著人間一切迷離的緣法，匯入一道因果的洪流。

當她在書中獨自老去時，他正在書外孤獨地長大。

彷彿所有等待都只是為了這一瞬間，兩個蒼老的靈魂在年輕的身體中默然對視。

在他們頭頂上方八千公尺處，大風仍未停歇。

流雲散去，明月完滿。

王翠花抬手抹了抹眼角，笑了，「後來的故事，我慢慢講給你聽。」

「好。」

「從哪裡說起呢……」

「窗邊那株桃樹後來開花了嗎？」

「開了，第二年就開了，還結了果子呢。」

番外二、人物小傳

北舟

北舟有時會想，如果易府中第一個撞破自己偷梳女子髮髻的人不是易南，而是其他人，只怕自己當時就已經被逐出府去，能不能活著都是未知數。

但易南不是任何人。

年幼的大小姐望著瑟瑟發抖的小護衛，只呆怔了一瞬間，便咧出一個笑來，「阿北哥哥這樣也很好看。」

她正是愛玩愛鬧的年紀，像是得到了新的布娃娃，興致勃勃地拉著他坐到鏡前，偷來母親的胭脂水粉，朝他臉上抹去。

北舟低頭壓抑著起身逃跑的衝動。

那時即使是他本人，都解釋不清自己胸中萌發的隱晦而失控的心思。他只隱約察覺自己與他人不同，卻立即陷入了朝不保夕的惶恐中，以至連照鏡子時都要錯開眼去。

易南笑嘻嘻地抹完了，一語驚破迷障：「以後就不是阿北哥哥，而是阿北姐姐啦。」

啊，完了。

小孩子守不住祕密，這事今晚就會傳到老爺耳中，明天就是他的死期。

北舟戰戰兢兢地等了一天、兩天、三天……

直到數月之後，又一次被拉到鏡前充當職業布娃娃，他終於忍不住了，開口問道：

「小姐可曾將此事告知其他人？」

易南莫名其妙道：「當然不會啊。我娘發覺胭脂少了，只當我自己愛美呢！」

這個祕密又被牢牢地守了很久。大小姐一年年地長大，漸漸放棄了兒時的化妝遊戲。已通世事的北舟陷入了新的漫長等待。等她回過味來，發覺自己的護衛是個怪人，就會將他遠遠趕走。

他等了一年、兩年、三年……

他不再等了。

一個平常的午後，大小姐坐在窗邊讀著閒書，北舟沉默地守在她身後。許是讀到了什麼才子佳人的橋段，她忽然出聲感慨：「也不知我未來的夫婿會是何人。」

北舟想了想，道：「小姐定會覓得佳婿，白頭偕老，還要生一對伶俐可愛的兒女。」

易南回過頭對他笑了笑，眼底有淡淡的輕愁。

「不說我啦。阿北你呢？」

「我？」北舟立即搖頭，「我命中福淺，想來是遇不到有緣人了。以後，南兒的孩子就是我的孩子，我就做個侍衛，護你們一生一世。」

易南笑道：「我卻願你終有一日，找到自己的孩子呢。」

蕭添采

蕭添采作為百年難遇的醫術奇才，入太醫院不過三年，就已經默默超過了全體上司。餘下的大部分精力，都用來裝傻和躲懶——眾所周知，太醫是個高危職業，爬太高了容易掉腦袋。

平日裡若是師父安排了什麼三天的任務，他就用半天完工，餘下兩天半都是假期。

蕭添采在太醫院附近有個偏好的躲懶處，草木繁茂，往綠蔭下一躺就能避開所有視線。

但某一日，他尚未走到那地方，就遠遠聽到了樂聲。

蕭添採用閒暇時光培養了不少風雅愛好，會撫琴，也能彈琵琶。但傳入耳中的樂聲聞所未聞，說不上好聽或難聽，只是古怪得很。

蕭添采忍不住悄悄走過去，躲在樹後一探究竟。這一探，就讓他見到了謝永兒。

謝永兒正在抱著自製吉他練〈愛的羅曼史〉，可能是因為譜沒記全，彈得磕磕絆絆，在同一個地方手滑了八次。

蕭添采聽得齜牙咧嘴，直到她終於離開才長吁一口氣，心中盼著她有點自知之明，或者至少有點求生欲，千萬別去皇帝面前獻藝。

結果第二天，她又來了。

謝永兒占著那地方練了整整一個月，蕭添采沒處可去，只好偷聽了一個月。

一個月後，謝永兒終於完整地彈出了一曲，當場跳起來一拳打在樹幹上，怒吼道：「厲不厲害！」

樹幹另一面的蕭添采：「……」

後來發生了很多事。

他們逐漸熟識，然而蕭添采眼睜睜地看著謝妃眼中那兩團永不熄滅的火焰，一日日地暗淡下去。

起初他不知道發生了什麼，也不明白自己為何在莫名地焦躁。畢竟再借他十個膽子，他也不敢覬覦那暴君的後宮。

直到有一日，謝永兒偷偷找來，求他為自己開一個打胎的方子。

蕭添采嚇了一跳，躊躇片刻後低聲問：「是因為太后嗎？」

謝永兒垂首不語。

蕭添采道：「……我可以為娘娘安胎，決不將此事告於他人。待月份大了，娘娘再去尋陛下庇護，那畢竟是他的親生骨肉……」

謝永兒幾不可見地搖了搖頭，只是含淚相求。

蕭添采不明內情，還在耐心向她解釋此事危險。

最後謝永兒將牙一咬，「這個孩子不是龍種。」

她的眼淚落了下來，不知是傷懷於自己的境遇，還是害怕失去他這根救命稻草。為求他信任，她將一切和盤托出，從與端王初見，一直說到兩情相悅、珠胎暗結。

蕭添采默默地聽著，忽然生出一絲恍然。

若她心裡不曾有別人，他或許永遠不會意識到自己的妄念。可她分明膽大妄為，肆意地、絕望地愛著某人——只是不是他。

原來這種感覺，就是妒心啊。

後來又發生了很多事。

蕭添采再次見到謝永兒，已是東窗事發之後了。

她失去了孩子，被皇帝軟禁，被端王放棄，一切驕傲都被碾入了泥裡。

可她的神情卻前所未有地放鬆，彷彿卸去了什麼沉重的枷鎖，又如大病初愈，有一種虛弱的平靜。

她求他救治皇帝，又向他直言，哪有那麼多人間真情，她如今的目標，只剩苟且偷生，然後想辦法逃出去，遠走高飛。

有一瞬間，蕭添采很想問她：「那我呢？」

我就在妳面前，妳曾注意過嗎？

他總覺得她對自己的心意一清二楚，可她似乎被端王傷透了心，再也不願提一字風月。這多少有些不公。

但他終究沒有開口。因為他想起來，謝永兒在這深宮裡，已經很久很久沒有彈琴了。

謝永兒離宮之前，兩人見了最後一面。

那一天陽光很好，謝永兒的心情也很好。她似乎已經對一切釋然，像老朋友一樣與他分享自己的宏偉計畫：建立起一個商業帝國，還要拉皇后入股。將來舉國四通八達的大街上，全都會是她的產業。

蕭添采聽得似懂非懂，只是留意到她的眼中，又重新燃起了火光。

就像很久以前樹下練琴的她，永遠越挫越勇，永遠鬥志昂揚。

蕭添采慢慢地笑了起來，「到時候，別忘了偶爾休息一下，彈彈妳那把怪琴。」

謝永兒道：「哈哈哈，好啊。」

謝永兒：「……」

謝永兒道：「你在哪裡聽到的？」

蕭添采原以為她的宏偉夢想中並無自己的容身之地，直到很久之後，他收到了庾晚音轉交的信。

——待諸事落定，若聞君至，當重理舊弦，再續佳音。

蕭添采的臉「騰」地紅了。他怕被面前的庾晚音看出心事，匆匆收好信箋，連忙告退了。

他的心中盈滿了喜悅，連步履都輕快起來。

他要好好琢磨一篇回信。

啞女

啞女當然不叫啞女。但記得她本名的人，都已經死了。

羌國的小吏敲開陋室的門，瞧見面黃肌瘦的啞女，皺了皺眉，「妳家還有別人嗎？」

啞女道：「都走了，沒說何時回。」

小吏無奈，將一個布袋丟給她，「收著吧。」

啞女打開一看，寥寥幾串銅板。

她問：「為什麼給我錢？」

「這是妳父母留給妳的。」

啞女想了想，問：「他們死了嗎？」

「他們成了勇士，這是獎勵。」

啞女自然知道「勇士」的意思。她攥緊了那袋銅板，「他們死了，就為了換這個？」

小吏不耐煩道：「當勇士是多少人求不到的榮耀，別不知感恩了。」

他走之後，啞女將那布袋倒轉過來抖了抖，又抖出一張破破爛爛的契書，上面寫著她父母的名字。

自願為祖先的榮耀，化作女王的利劍。此去夏國，生死勿論，賞金若干，留給家人。

要入冬了，鄰居家的阿婆聽說這家的小孩成了孤兒，送了件舊棉襖過來。

啞女手足無措。羌國戰火紛飛，人人朝不保夕，每一點多餘的善意都是奢侈。

阿婆摸了摸她的頭，「妳叫什麼名字？家中可還有人接濟？」

啞女沉默許久，不答反問：「阿爹、阿娘去當勇士，是自願的嗎？」

阿婆望著幼小乾瘦的她，眼中閃過遲疑與不忍，最後堅定道：「是啊。成為勇士是偉大的事，大家都會永遠記住他們的。」

啞女攥緊了那紙契約。

過了半月，阿婆再去敲門時，陋室已經人去樓空。

數年之後，庾晚音身邊多了一個不會說話的侍女。

庾晚音每次瞧見她，總覺得瘦小得像是沒來得及發育，再不補充營養，就要錯過躥身高的機會了。於是每天安排一杯牛奶，有事沒事便塞些糕點零嘴給她。

啞女也不推拒，總是笑咪咪地收了。

再後來，啞女死後，暗衛澈查了她的一切用物，在床底下找到了一處暗格。

裡面藏了一紙契約、一件破舊的棉襖，還有幾塊拿帕子包著的、已經發黴的糕點。

那都是她一生中最寶貝的東西。

岑堇天

岑堇天是整個朝堂中第一個看出爾嵐是女子的人。

原因無他，爾嵐對他瞞得不是很走心。

起初岑堇天並不知道這意味著什麼。其實所有人有什麼憋在心底的祕密想一吐為快時，都會優先找他。畢竟，他很快就會帶進棺材。

他知道楊鐸捷在很長時間裡一直不服皇帝，擔心沒遇到明主。

他也知道李雲錫對爾嵐的感情幾番變化，漸漸複雜。

所以讓他多守住一個爾嵐的祕密，也不是什麼大不了的事。

可是後來，在他病情漸重後，爾嵐一直忙前忙後，衣不解帶地照顧他——這就脫離普通友人的範疇了。

更何況，爾嵐整顆心都掛在他身上。他有一點點起色，她一整天的心情都是好的。他的病情反覆，陷入昏睡時，她便靠坐在床邊，長久地偷望著他。

久而久之，他也就明白了。

岑堇天心裡清楚，自己不能回應。

他年幼時就被提前判了死刑，知道自己年壽難永，所以將一切精力都放在了研究上。除此之外，他連皇帝是誰都不在乎。

少年離家後，他與父母兄弟的聯絡都不甚緊密，怕自己離去後徒留傷心。

不祥之人，是不配結緣的。

可是那一天，爾嵐許是剛忙完公務就過來找他，穿了一身青色的窄袖騎裝，整個人被襯得腰細腿長，意氣風發，像一株初發之柳。

岑堇天完美地克制住了，垂下眼睛沒多朝她望一眼。

直到她背過身時，才放縱了自己的目光。

岑堇天一直以為自己瞞得極好。

他們之間始終是君子之交，其淡如水，沒有過界的接觸，連一句曖昧的話語都未曾講過。

這條緣線從未牽起，到她年老之時回憶起來，最多也只剩一點淺淡的惆悵吧。

這樣便好了。

然而，到他臨終那日，爾嵐穿了一身青衣來送他。

岑堇天已經神志昏沉了，卻還是本能地心慌了一瞬間。

她是故意的，故意穿上他最心動的顏色。是挑明，是報復，還是追問？

同僚友人環繞在榻前，岑堇天獨獨與爾嵐四目相對。彼此目光清明，卻都一語未發。

能說什麼呢？問她何時知道的？彼此都是聰明絕頂之人，他既早已察覺，又憑什麼指望爾嵐被蒙在鼓裡呢？

事已至此，該道歉嗎？該寬慰嗎？該表明心跡嗎？寥寥數語，又如何填平這生死之間的漫漫鴻溝？

他的氣息漸弱，視野也被黑暗侵蝕，卻遲遲不知留下哪句遺言。

模糊的視線中，爾嵐背對著眾人，對他做了個口型：來世？

她的眼中沒有淚水，只是盛滿了期待。

岑堇天笑了起來，艱難地點了點頭。

他的一生沒有遺憾了。

李雲錫

李雲錫從來不喜歡皇帝。

他幼時家貧，趕上歉年，一對剛出生的弟妹被父母活活餓死。那時他的面前有兩條路：讀書或者揭竿而起。

李雲錫選擇讀書。因為村裡的秀才說他是天才，以後十里八鄉都要靠他回來報恩的。

他白日下地，晚上挑燈。別人十五歲考功名，他二十五歲才考，結果十年不中。到三十五歲，他覺得讀書救不了大夏人。

那時候，皇帝對他來說是一個遙遠的影子，一個仇恨的意象，一個面無表情的稻草人。

他想一頭將天撞出個窟窿，然而年年金榜張貼出來，從榜首到榜尾全是關係戶。說科舉是登天梯，豈料那梯子一抬再抬，寒門子弟又哪裡夠得著天？

後來他見到了皇帝。

事情發生得很突然。他記得自己正在船上擮掇幾個同期的考生揭竿，對面那人突然道：「敝姓夏侯。」

他還以為端王暗中來資助他們了。結果對面那人又道：「單名一個澹。」

當時李雲錫真恨不得匹夫之怒血濺五步，跟他一了百了。

但李雲錫沒那麼做。因為李雲錫還記得村裡早已入土的老秀才，還有老秀才念叨的十里八鄉。

皇帝那天說了很多話，痛陳了很多苦衷，展露了很多抱負，還說了把他們塞進朝中蟄伏的計畫。李雲錫一句都不信。

倒是皇帝旁邊的妖妃說了一句，他聽進去了。那句話是：「就當為家鄉父老計議吧。」

李雲錫入了朝，還是不喜歡皇帝。

他在戶部稽核版籍，發現各地歷年遞交的冊子亂七八糟地堆在一起，落了尺厚的灰。這些年來，所謂的一戶一田早成了笑話，農戶的土地被鄉紳私吞，從父母官開始層層抽油水，朝中無一人敢管。

他不眠不休地多方查證，誓要理出各州各縣的新冊籍，死磕到底。誰來阻攔，誰就有問題，他要拔出蘿蔔帶起泥，非得讓整個朝堂抖三抖。

結果第一個阻攔他的就是皇帝。

皇帝道：「冊籍你整完直接交給朕，眼下還不是時候，朕先幫你留著。」

李雲錫在信他和不信他之間反復橫跳了整整一年。直到他真的弄死了太后，扳倒了端王，整肅了朝綱，開始了新政。而李雲錫的冊籍，也終於得見天日。

那天下朝後，李雲錫灌醉自己，給老秀才上了炷香。

李雲錫記得鄉親的恩情、同僚的情義，甚至能念皇后的好，但就是不喜歡皇帝。

皇帝那麼年輕，那麼青澀。但凡他早些支稜起來，百姓也不用受這麼多年苦。

更何況如今他雖然大權在握，卻還是保不齊會出錯。李雲錫對他橫挑鼻子豎挑眼，恨不得天天死諫。

夏侯澹偶爾也會煩到發火，把奏摺丟他臉上。

李雲錫來勁了。

李雲錫：「殺我，就現在。給個名垂青史的機會！」

夏侯澹更煩了。

但好在夏侯澹很快找到了報復他的方式，就是餵他吃狗糧。

李雲錫死諫的時候很喜歡說一句話：「此舉與昏君何異！」

夏侯澹一聽，往後一躺：「朕就是昏君啊，你才知道啊？還有事嗎，沒事快滾，皇后等著朕回去幫她塗指甲。」

李雲錫怒目圓瞪，深吸一口氣，擺開八字步，鐵口一張。

夏侯澹搶道：「成何體統！」

李雲錫：？

李雲錫今天也不喜歡皇帝。

爾嵐和楊鐸捷有時候也會勸他：「陛下顯然不是昏君，你也不必如此執著於死諫，偶爾歌功頌德一下也不丟臉。」

李雲錫：「我不喜歡皇帝，這世上就是要有人負責不喜歡皇帝的，你們不知道嗎？」

後來，龍椅上換人了。李雲錫還是不喜歡皇帝。

女子稱帝，成何體統。何況這女帝想一齣是一齣，搞了很多大刀闊斧而又莫名其妙的改革。

李雲錫回想起來夏侯澹當皇帝那些年裡，原來是算保守的。他那麼扎實搞基礎建設，原來是為了替庾帝今日的胡來鋪路。

李雲錫又反覆死諫了幾十年，到大夏的道路四通八達車水馬龍，市場經濟初具雛形，全民教育落實到十里八鄉人人識字。

庾帝傳位走人的那一天，李雲錫也終於死諫不動了，決定告老還鄉。

離開都城的那一天，庾晚音找他喝了杯酒，問他：「你摸著良心說說，這天下如何？」

李雲錫：「四海升平，萬家燈火。」

庾晚音：「那皇帝如何？」

李雲錫：「鞠躬盡瘁，勵精圖治。」

庾晚音：「你原來會說人話啊？」

李雲錫斗膽抬頭，望著庾帝染上年歲痕跡的臉，道：「堯舜之治，亦不可無直臣，朝上必須有這樣一人。所以我不能敬慕皇帝。」

他說著，用蒼老的手舉杯一飲而盡：「但我視陛下與先帝為摯友。」

番外三、小段子

（一）

夏侯澹第一次生出做戒指的念頭，是在看到林玄英寄來的雲雀髮簪之後。

雖然庾晚音當時沒往頭上簪，但她那欣賞的眼神，還是讓夏侯澹生出了嚴重的危機意識。

他決定打造一枚求婚戒指。

他的設計理念很清晰：林玄英當妳是雲雀，我就當妳是鳳凰。扶搖直上，翱翔九天，非梧桐（指我）不棲。

想法是好的。

但當他把那張「鳳棲梧」的草圖遞給工匠的時候，工匠陷入沉默。

夏侯澹問：「怎麼？」

工匠戰戰兢兢抹了把汗，道：「陛下這張公雞上樹……真是神來之筆啊。」

（二）

爾嵐決定離開都城一段時日，一是去各地考察一下女子學堂的落點，二是遠離朝堂散散心。

出發前夕，幾個好友為她設宴餞行。

李雲錫全程悶悶不樂，很快灌醉了自己，一頭栽倒在桌上睡死過去。

楊鐸捷也喝多了，突然拍著桌子道：「爾兄，人活一世，但求無愧於天地，何須畏懼人言！」

爾嵐有些感動地看著他。

楊鐸捷道：「我知道朝中那些流言，嗝，都是訛傳！我兄弟是男是女，嗝，我還會不知道嗎！」

爾嵐：？

（三）

林玄英回到南境後，夜夜拉著無名客借酒消愁。

林玄英道：「再過十天半月，都城就該傳來陛下駕崩的消息了吧。」

無名客：「……」

林玄英道：「師父啊，當初你遣我去輔助他，我還不樂意。可這麼多年過去，我早已當他是生死之交……如今卻要一天天地等他的死訊，我這心裡真是難受啊。」

無名客欲言又止。

林玄英又是幾杯酒下肚，「皇后以後孤身在那龍潭虎穴，該怎麼辦？師父你能不能算一卦，我能帶走她嗎？」

無名客試著張了張嘴：「也未必就——」

天上一道雷聲。

無名客又閉上了嘴。

林玄英醉眼矇矓道：「可惜她不肯走，她不肯走啊。」

數月之後，死訊依舊沒有傳來。

傳來的是夏侯澹的一封密信。

林玄英讀罷，表情瞬息萬變，半晌後去找無名客鬧脾氣，「師父為何不早說！看著我醉酒很有意思嗎！」

無名客：「……」

無名客高深莫測道：「很有意思。」

（四）

夏侯澹和林玄英初識的時候。

林玄英道：「你們那個世界的人的娛樂方式是什麼？」

夏侯澹努力回憶，「翻牆去網咖，吃雞打遊戲。」

林玄英問：「打遊戲是什麼？」

夏侯澹道：「一般是你殺我，我殺你。」

林玄英：？

夏侯澹道：「但不是真殺。殺的是個——你就當是傀儡吧。可以反反覆覆地死哦。」

林玄英從那天起，就對當朝皇帝心存敬畏。

番外四、龍椅 Play

惡魔寵妃原作裡，有一段狗血的龍椅play情節，而且是端王和庾妃的。大意就是庾妃備受暴君寵愛卻一心戀慕端王，為了慫恿他弒君，灌醉他之後在龍椅上辦了事。

當然啦，原作裡的端王醒來之後拔X無情，還扇了她一巴掌。庾晚音本來也忘了。後來做夢突然夢到了這段情節，醒來的時候滿面怒容，一戳就跳。夏侯澹：？

這時已經是帝后共治，意即是說早朝的時候，龍椅上並坐兩個人。庾晚音這天早上，總覺得如坐針氈。一想到屁股底下的這張椅子，曾經（？）發生過什麼事，就倍感膈應。偏偏夏侯澹還喜歡搞點小動作，彷彿上學的時候非要傳張紙條什麼的，仗著臣子不敢抬頭，時不時在衣袖底下拉拉小手、捏個小腰。

「啪」，一聲脆響在大殿裡傳出老遠。臣子：「……」

誰也不敢抬頭。

除了李雲錫。他一抬頭，就看到夏侯澹一隻手捂著另一隻手背，一臉受傷地看著庾晚音。

李雲錫：！

夏侯澹起初還沒意識到事情的嚴重性，只當庾晚音這個起床氣延續得特別長，可能每個月總有幾天。結果到了下午，庾晚音嚴肅地找他開會，議題是：兩個人坐一把椅子有點擠，得再弄一把。夏侯澹：！

夏侯澹顫抖的手端起一杯茶喝了。夏侯澹：「我……我到底做了什麼錯事，妳提醒我一下。我想了半天沒想起來。」庾晚音眼神飄忽：「你沒錯啊，真的沒錯。」夏侯澹沉默了半天，喃喃道：「妳怎麼連個挽回的機會都不給……」庾晚音：「啊？打住，不要往這方面想！」夏侯澹：「今天割席，明天分床，下個月不得分居了。我算了算，還沒到七年呢。」

庾晚音：「……」

夏侯澹：「是因為阿白上個月來過？我殺了他還來得及嗎？」庾晚音：「不是……」

夏侯澹：「不行，妳會恨我。」

庾晚音：「你聽我說……」夏侯澹：「我不活啦，哈哈。」

他擺了擺手，踉蹌著走了。

庾晚音被他唬得坐立難安，到晚膳時也等不來人，一問宮女，說陛下關著門在喝悶酒。庾晚音想了想，自己先悶了一瓶，然後提著醒酒湯去哄人。

此時夏侯澹關著門，已經讓暗衛把那龍椅的前世今生，包括落成的年份、雕刻的工匠，都調查了一遍。

實在沒聽出什麼端倪，他揉著眉心低頭不語。

某個新上崗的暗衛耿直道：「陛下，或許這不是龍椅的事情呢？」

同僚恨不得撲過去捂住他的嘴。

夏侯澹卻冷冷道：「講。」

那耿直暗衛打了個寒戰，硬著頭皮往下說：「或許，就是，皇后……有了別的心思。」

夏侯澹心平氣和地想了想：「最近宮裡出現過什麼俊俏男子嗎？」說著對他打量了兩眼，突然道：「小夥子，長得不差啊。」

暗衛後悔了。

他上任以來從未感受過那傳說中暴君的恐怖，這時卻突然明白，一切都不是謠傳。

暗衛快要嚇尿了，哐哐磕頭：「陛下明鑑！屬下生是陛下的人，死是陛下的鬼，這條命死不足惜！」他含淚道：「只是屬下憂心，皇后如今積威深重，她心中要的恐怕已經不是某個男子，而是皇……皇……」

夏侯澹的眉毛越挑越高。

夏侯澹：「你以為我想當皇帝啊？」

暗衛：「啊？」

夏侯澹不耐煩地揮揮手：「滾吧，你懂個屁。」

暗衛逃也似地往外退，退到門外，卻剛好遇到皇后過來。

庾晚音面色酡紅，隨手提著一個瓦罐，湯已經灑了一路，身後的宮女甚至跟不上她的步伐。

暗衛看她狀態不對，正在猶豫要不要攔一下，就見她上前哐哐敲門：「澹總——喝湯了澹總——」

屋內的夏侯澹正在倉皇抓亂頭髮試圖裝醉。

庾晚音等了半天沒人開門，火起來了：「多大點事至於嗎！今天你必須把這湯喝了，別給臺階不下！」

暗衛心道：完了，圖窮匕見了。

他義無反顧地衝上去擋在門前：「娘娘，陛下身體不適，已經睡下了。」

庾晚音打了個酒嗝，瞇眼看著他：「小夥子新上崗的？幾號啊？長得不錯啊。」

暗衛僵在原地。

他身後的門「唰」地打開了，一股寒意直衝他後腦勺。

皇帝本人站在他身後，做了幾下深呼吸，才道：「退下吧，明天換個崗。」

暗衛腳下遲疑了一下，就聽他壓抑道：「我今年不殺生，給你三秒時間逃命。」

暗衛呲溜一聲沒影了。

庾晚音迷迷糊糊，沒搞清發生了什麼，只知道夏侯澹出現了，就把湯往他面前塞：

「給你，我親手熬的瓦罐湯。」

夏侯澹接過來一看，灑得只剩一個底。

庾晚音：「你喝，嗝，喝呀。醒醒酒我們好談事。」

夏侯澹見她搖搖晃晃，伸手把她往屋裡扶，按著她在床邊坐下，面無表情地輕聲問：「這湯是只我有，還是別的人也有？」

庾晚音反應了五秒才明白他問的是什麼，氣道：「煮了一大鍋，分了八十個帥哥，最後剩個鍋底不想浪費，賞你啦！」

夏侯澹頓了頓，捂住心臟，面無表情道：「我有點不舒服。」

庾晚音：？

夏侯澹：「咳，咳。」

庾晚音反射性地幫他拍了拍背，嘆息道：「醉了就是傻哈，反話都聽不懂。騙你的，懂了吧？就你有。」

夏侯澹順勢坐到她身邊，小聲問：「真的沒別人？」

庾晚音：「沒有沒有，誰能比得過你？」

夏侯澹垂下眼睛：「那……妳想當皇帝嗎？」

庾晚音：？

夏侯澹嘀咕：「我是怕妳直接上位會坐不穩，想著趁我活著，幫妳爭取個過渡期……」

庾晚音：「蛤？說什麼？」話題轉彎太急，她沒跟上。

夏侯澹：「沒什麼。那我能當正宮娘娘嗎？」

庾晚音：「什麼玩意？」

夏侯澹：「還能跟妳坐一起嗎？我占地面積也不大，還可以再縮小點……也不摸妳的手了，袖子能讓我摸一摸嗎？」

庾晚音被他唬得五迷三道，心疼不已，母性大發，一把抱住他，在腦門上響亮地「啵」了一下：「不換了，不換了還不行嗎？」

夏侯澹幽幽嘆了口氣：「可是妳還是沒有告訴我，今天這一齣是為什麼。」

庾晚音迷糊之中，心頭隱約有警鐘大作，支支吾吾道：「沒什麼呀，我犯傻。」

夏侯澹停頓了一下，垂下去的手指收緊又張開，似乎做了個抉擇。

他起身又拿來一瓶酒，哄她：「喝點水。」

庾晚音喝了一口，嗆了一下：「不喝了，味道好怪。」

夏侯澹攬住她，讓她靠在自己肩上，貼著她的耳垂溫存小意道：「陛下，臣妾餵妳喝。」

庾晚音不記得自己喝了多少，也不記得自己後來說了什麼，只記得有個狐狸精一直笑語盈盈。

酒意順著血液流淌，身上暖洋洋的，她不知不覺失去了意識。

再醒來的時候頭痛欲裂，也不在床上，還有點冷。

四下黑燈瞎火，她迷迷糊糊，眨了半天眼睛才看清環境。

她正歪坐在那把邪門的龍椅上，衣衫齊整，甚至穿著朝服。只是三更半夜，殿下空無一人。

她有點害怕，只覺得肯定有危險，忍住了喊人的衝動，正要逃生，一隻手從背後捂住她的眼睛。

庾晚音終於禁不住驚呼出聲，緊接著嘴也被捂住了。

有個人貼著她的耳朵道：「我想了想，這事還是得辦了，對大家都好。」

庾晚音瑟瑟發抖：「你……你搞什麼鬼……」

夏侯澹繞到她身前，單膝跪下，一隻手順著她的腳踝向上摸，摸進了朝服的衣擺之內。

黑暗中看不清他的表情，只能聽到似笑非笑的聲音：「比起我天明之後去掘了夏侯泊的墳，這種解決方式還是比較保守的，陛下，妳覺得呢？」

庾晚音被他那隻手摸得魂飛天外，腳趾都蜷了起來：「有人……有人會聽見……」

「不會。」夏侯澹湊過去，深深長長地吻她，「一直到天明都不會有人，而且，朝服也都穿好了，天明之後可以直接上班……」

順帶一提，宮中有暗衛編號十八，接受培訓時人稱班裡一枝花。沒想到上班三天就調崗了，從此後宮再也沒人看見他，只留下一個流星一般短暫的神顏傳說。

——《成何體統》番外完——

——《成何體統》全文完——

高寶書版集團
gobooks.com.tw

YE 042
成何體統（下卷）

作　　者　七英俊
責任編輯　吳培禎
封面設計　張新御
內頁排版　彭立瑋
企　　劃　何嘉雯

發 行 人　朱凱蕾
出　　版　英屬維京群島商高寶國際有限公司台灣分公司
　　Global Group Holdings, Ltd.
地　　址　台北市內湖區洲子街 88 號 3 樓
網　　址　gobooks.com.tw
電　　話　(02) 27992788
電　　郵　readers @ gobooks.com.tw（讀者服務部）
傳　　真　出版部 (02) 27990909　行銷部 (02) 27993088
郵政劃撥　19394552
戶　　名　英屬維京群島商高寶國際有限公司台灣分公司
發　　行　英屬維京群島商高寶國際有限公司台灣分公司
初　　版　2023 年 6 月

成何體統 By 七英俊
由中南博集天卷文化傳媒有限公司授權出版 All rights reserved

國家圖書館出版品預行編目 (CIP) 資料

成何體統 / 七英俊著 . -- 初版 . -- 臺北市：英屬維京群島商高寶國際有限公司臺灣分公司 , 2023.06
　　冊；　公分 . --

ISBN 978-986-506-755-7(上冊：平裝). --
ISBN 978-986-506-756-4(中冊：平裝). --
ISBN 978-986-506-757-1(下冊：平裝). --
ISBN 978-986-506-758-8(全套：平裝)

857.7　　112008689

凡本著作任何圖片、文字及其他內容，
未經本公司同意授權者，
均不得擅自重製、仿製或以其他方法加以侵害，
如一經查獲，必定追究到底，絕不寬貸。
版權所有　翻印必究

GOBOOKS
& SITAK
GROUP©